바다의 이삭이 낙화처럼 눕다

바다의 이삭이 낙화처럼 눕다

이상인 제4집

문화앤피플

차례

1부. 그리운....

차
례

2부. 피고 지는....

차
례

3부. 흔들리는....

1부

그리운....

추신이라 쓰고도

오늘 밤 쓸 말을 마름하였습니다만
아직 퍼져 가고 있으나 그대에게 당도하지 못한
파문처럼
다 실어 보내지 못한 내 의미를
차후 틈 보아 사족을 붙여 써 내리라 했습니다
후회後會하자는 말씀 간곡하게 올려, 덜 궁색하고자 함이었습니다

내 생각의 겹을 벗고
마지막 남은 내 홑 마음을 보여 드리고자 하는
무작정의 작정이었습니다

불선不宣*이라 써 보내버리면
하릴없이 기다리시리라 염려되어
막 뜨거워지기 시작한 마음을 여기서 멈추고
오직 불민한 정념情念으로 잠시 머물고자 하였습니다

미처 갈무리 못 한 편지의 언사들이

내 살을 뜯는 것 같아
불선 대신 추신이라 쓰리라 하였습니다

추신이라 쓰고도
한마디도 거들지 못했습니다
다시 불선이라 써 보내는 편이 나을듯합니다

*불선: 아직 쓸 말은 많으나 다 쓰지 못하고 보낸다는 뜻

세한歲寒 성애

1.

영하의 창, 성애가 세한의 백송처럼 흔들린다
유배로 안치된 결빙의 창에 바람 한 폭 불어온 것이다
폭설을 털고 새떼들 쏟아져 들어온 것이리라

어떤 그리움 다 건너오려던 것인가

내 얕은 숨이 창에 닿아
아프게 그려 낸 세한의 결빙. 내가 살아 있음이야

2.

창밖의 누구,
세한의 창을 두드리고 내 마음으로 건너온 것인가

바깥의 서리와 눈의 혹독함을 만나*
나에게 와 닿으려는 속절없는 마음

혹한의 창에 덜컥 백송白松의 흰 숨결이 갇혔음이야!

문풍지 진저리 치는 밤
창문에 서리도록 그려낸 소름 같은 양각陽刻
아픈 인연 두고 간 거겠지

3.
별뉘 들면, 잠시 봄에 허물어지는 낙화마냥
허정허정 떠돌다 지워지는 계류의 성엣장마냥
잠깐 스쳐 지나는 거지
눈물 번지듯 그리움 하얗게 남기고……

*서리와 눈의 혹독함을 만나: 김정희의 “세한도”에서

그대 내 몸에 드시라

세월인지 바람인지 쓰윽 지나간 어느 틈에
틈 하나 생겼다 예리한 칼날에 베인 듯

처음의 틈은 쓰라렸을 것이다
아파 본 자 만이 틈을 내어준다
베어진 곳에 흉이 남고, 흉은 깊고 좁게 자랐다

틈이 벌어지는 동안
온갖 것들이 그 틈새를 엿보았을 것이다
흉터를 건드려 보았을 것이다

갈망하는 자者 틈새에 들 수 있는 법
송난松卵* 하나 알 구르듯 바위 틈에 들었는데
그 바위 뜨거운 호흡으로 품어, 어린 솔가지 펼쳐 보였다

틈새에 혼신으로 뿌리내린 저 소나무
누가 기생寄生이라 하랴 더부살이이거늘, 바위마저 뜨거워
졌거늘

틈은 둥지 같은 것
온몸으로 들일 것이다 그대, 내 몸에 드시라 내 품에서
활짝 피워 내시라

*송난: 솔씨

겨울에는 겨울 뿐입니다

겨울에는 겨울 뿐입니다
눈물겹고 힘겹습니다
모든 것이 되알지게 버거워요. 그래서 죄다 버리는 것일까요
꽃을 버리고 잎을 벗습니다
꽃에게도 잎에게도 겨울은 버림받기 좋은 계절인가 봅니다
버릴 것 있다고 버림받아도 된다는 것 아니겠지만요

한 잎 한 잎 다 우주였을 나뭇잎, 떨어져 밟힙니다
잎맥에 강물이 흐르고
초록이 범람하던 그곳에 바람이 불면, 얼마만큼의
우주가 바스러질지
가지 끝에는 미처 떨어지지 않은, 묵은 우주가
슬픈 소리처럼 매달려 있습니다

이 겨울 사라진 풍경 더듬고, 내가 돌아온 에움길 걸어가면
봄 보겠지요

나뭇잎 다 떨구고 아직 살아있는 것에 눈 생겼는데
어찌 안 보게 될까요

이 겨운 겨울에 봄 생각하며 시를 씁니다
詩가 동결선 아래에 얼어붙어
결빙의 시 조각들이 관절마다 사각거리지만
내가 황폐해지지 않기 위해 써야 합니다

모든 벗은 것들이 한 줌의 바람에도 겨울을 덮어쓰고 있어
얼어붙은 시어를 후후 불어가며 시를 쓰는 겨울은
참 겹습니다

섬, 이 얼마나 홀로라는 단어인가

나와 다른 공식의 삶을 살던 변곡점 위의 너를
만났다는 것이
나에게 얼마나 아리我利한 일이라는 것을 아는 것은,
섬에 홀로
은닉해 봐야 할 일이다

그럼에도 나는 너의 오목성과 볼록성에 혼란해 하며
그 사면斜面을 피해
피접 나오듯 떠나온 것인데
섬은 나에게 또 하나의 다른 완전한 섬을 안겨 주었다

그 고립에서 너와 다른 물성을 만나
너의 존재가 옅어져 가는 동안,
격리와 섬의 연결……
섬은 나의 격리를 받아주고 나는 온갖 격리를 섬에 두었다

홀로의 섬에서 온전히 혼자인 나

섬,

이 얼마나 홀로라는 단어인가, 고립이라는 흥분인가

하늘에는 섬과 같은 별이 고립을 쏟아내고 있다

당신은 당신 홀로의 섬이 필요하지 않는가?

바이칼 닮은 여인이 내게로 왔다

그 깊고 맑은 호숫물에
과오를 담그고 일생의 죄를 세례한 맑은 나의 몸으로,
타래난초 붉은 꽃, 머리에 꽂고 하얀 토끼 털신 신은 바이칼 같은 여인
한 번 만나봤으면……
별이 총총한 초봄 어느 날 깊은 잠에 들었다

아! 꿈결이었던가
날개 다친 천사 내 곁에 누웠고
바이칼 바람 냄새나는, 타래난초 맑은 향이 내 목을 감았다
천사는 떨고 있었다
한뎃잠을 자곤 했던 내가 천사를 데워 줄 체온이 남아 있을까

바람과 잠이 만나는 꼭두새벽이었고, 둘이 하나가 된 밤이었다
그녀는 더운 김을 보태어 아픈 날갯짓으로 나를 덮어 주었다

나는 다시 잠 속으로 들어갔고 내가 그녀의 바이칼이 되어갔다
오랜만에 한뎃잠에서 깨어나 따스한 아침을 만난다

천사는 날개 접은 채로 내 안으로 들어왔다
조류潮流 없는 잔잔한 수면 같은 환한 꿈속으로
바이칼 닮은 여인이 내게로 왔다.

(꿈이 꿈이 아니길 꿈 속에서도 꿈꾸었다)

아내와 첼로

나는 때로 당신 삶에서 탄주되는
첼로가 되고 싶었습니다
당신 가랑이 사이 첼로의 팽팽한 사현四絃의 틈새에
들고 싶었습니다
어쩌면 내가 한 현을 보태어 오현이 되리라 했습니다

통 큰 아내의 첼로가 나를 문대면
중음의 울림이 내 심장의 파동과 맥놀이 되어
활이 현을 가를 때마다
튕겨 나온 씨앗 같은 음표와 함께
당신 가랑이 사이에서 춤추는 무동舞童이 되리라 했습니다

첼로가 당신 틈에서 순순히 탄주 되는 사이
나는 당신의 틈새에 들어
사랑받습니다. 사랑받아 내겠습니다

얼마나 남았을까요
눈에 띄도록 곱아가는 당신 손마디……

그전에 당신
날마다 날마다 나를 켜주세요
나를 켜는 날이면 픕속에서 당신의 향기를 맡습니다

첼로의 살 내음에 섞여 고요한 음계를 밟고
당신과 함께 피안의 언덕으로 올라가고 싶습니다

당신 가랑이 사이 밀물이 되고 싶어요!
차라리 내가 당신을 켜보리라 생각해보았습니다

아버지

나 어릴 적 태산으로만 알았던 아버지를
내 등에 업을 줄 몰랐네

아, 헝겊처럼 가벼운 아버지

아버지를 업는다는 것은 준비한다는 것……
준비라는 말이 슬프다는 것,
떠나간다는 말과 같은 의미라는 걸 그때 알았네

아버지가 업힌다는 것,
세상의 중심에서 빠져나가시기 전
내 등에 유품 같은 온기 한 움큼 남겨주신다는 것이었네

아버지를 업은 내 등에
아버지의 미세한 심장 소리가 닿아
기억이 아프도록 출력되는 등사판이 될 줄 몰랐네

아버지를 업어 집 밖으로 나간다는 것,
지구 하나를 버리는 일이라는 걸 알았네
아버지와 내가 분리되던,
나침 없이 지평으로 홀로 돌아왔던 그날이었네

다 쓰여 너덜해진 헝겊으로
내가 내 아이에게 업힐 일을 문득 걱정하고 있었네

실은 내 아이의 걱정인 것을……

지속 가능한 그리움

아침처럼 왔다가, 얇은 밤 흐린 저녁처럼 가더라도
산속 옹달샘 깃든 햇살에 포르르 떠올랐다가 가라앉는
새하얀 모래알 같은
지속 가능한 그리움 하나 갖고 싶습니다

가끔 그리움이 몹시 아픈데도,
따스한 온기가 되었다가 드라이아이스 같은 냉기가
되더라도
모진 그리움 하나 갖고 싶습니다

생을 향한 몸짓인지,
생을 마감하는 몸짓인지는 잘 모르지만
해거름 강변의 하루살이라 하더라도
하루하루 그리움 이어 붙이는 몸짓 같은
그런 지속 가능한 그리움 하나 있으면 좋겠습니다

포기할 수 없는 그리움, 포기포기 쌓이는 그리움
내가 몹시 아파도 좋을 오래가는 그리움 갖고 싶습니다

접었다가 펴고 또 접고
미처 보내지 못한 편지의 낱말들이
끊임없이 일어나 나를 긁는 그런 그리움 말이에요

진정한 그리움은
견딜 수 없어도 지속적으로 버티는 거 아닌가요

은유를 싫어하는 나의 퍼소나*에게

아내는 파리를 잘 잡는다 주로 파리채를 이용하지만, 모기는 두 손이 딱 마주치기만 하면 바로 횡사다 나는 파리 모기 잘 못 잡는다. 요상하게도 내 손을 피해 잘 달아나기도 하지만, 그 작은 곤충의 뇌와 내장과 피부와 근육이 한꺼번에 으스러지는 상상에 오금이 저린다 그래도, 나는 파리 모기 잘 잡는 여자를 처음부터 사랑했다

나의 가장 친밀하면서도 때론 변덕스러운 나의 퍼소나를
오늘은 어떻게 잘 구슬려볼까 생각했어

어느 날부터 그는, 정직하지 않은 나의 시詩를 비웃기
시작했지
은유를 정직하지 못하다고 생각하는 그는,
가령 어떤 죽음을 가장하거나 미화하거나 하면,
죽음만큼 정직한 것이 어디 있냐며 “그냥 죽여! 또는
그냥 죽어!”
라고 말하곤 하지

만약 “아직 준비가 안 되었어. 몸을 열 수가 없어”
라고 말하면

그는 “준비는 무슨 얼어 죽을, 그냥 벗어! 또는 그냥 벗겨!”라고
말할 것이야

아, 나의 퍼소나여!
어떤 전희前戱가 필요한지 발설하여 물어볼 수 있다면
나는 무릎을 꿇고 내 요사한 혀로,
앙큼한 언어로 그대를 열심히 핥아 줄 수 있을 터인데

직관과 직감을 사랑하는 그는
내 꾸물거리는 말의 치장을, 언어의 굴림을 싫어했지

나의 퍼소나가 나를 대하는 태도에 마음이 들지 않지만
은유를 싫어하는 그를 결국 잘 구슬릴 수밖에 없었어

그냥 홀딱 벗고 마냥 사랑한다는 말만 해주기로 했지

*퍼소나(persona): 실제 성격과는 다른 한 개인 모습의 시적 화자를 지칭한다

시가 죽었어야 했다

발인제를 마치고 새벽으로 가는 길
죽은 말(言)이 안치된 서늘한 관이 운구를 기다리고 있다

관과 함께 매장시켜버려야 할 詩들이
비워진 길에서 상여를 기다리며 만장처럼 나부낀다

조문객들은 詩가 시인을 죽였다고 수군거린다
시인은 무엇을 뜯어먹으려 그렇게 바동거리며 살았는가

시인이 언어를 살리려 시를 쓸 때, 서서히 몸에 퍼지는 독
시는 언어에 독이 든 독배毒杯였다
시인 대신 시답잖은 시가 죽었어야 했다

시인은 죽었어도, 살아 꿈틀거리는 시
이것들을 끌어 모아
시인과 함께 순장 시켜버려야 하지 않겠는가

다비의 화염에도
시인은 재가되고, 시는 아직 살아 허정거린다

불에 타지 않는 시

무엇으로도 도모하지 못하는 난마 같은 시를 짓는 기능사,
영원히 팔리지 않는 시의 무능한 영업사원 같은 시인이
결국 죽어야만 했을까

아니다!
독이 든 언어를 시인에게 먹인, 폐기처분 되었어야 할
시가 죽었어야 했다

칸나의 기억

빨간 내복을 노상 입었던 엄마는
칸나 빛 초경을 맞았던 시절을 기억하고 있었나 보다

찌를 듯한 붉음으로 담벼락에 기대어
행복한 종말*을 기다리며, 먼 태고 마야**로의 귀향을
오지 않는 편지처럼 기다리던 엄마와 칸나

소녀적 첫 정혈精血이 무서웠던
먼 과거의 아름답거나 아픈 기억을 반추하면서
엄마는 늘 칸나 빛 속옷을 입었을까

전장에서 쏟아졌던 피의 기억은
망각의 늪으로 묻혔으나
그 늪에서 칸나 한 송이 피길 기다리던 오직 소녀적
아픔을 붉게 붉게 승화시키려 했던 엄마의 깊은 간구干求

칸나 빛 속옷 입으며 무엇을 잊지 않으려 했을까
그 꽃, 막막寞寞 필 적에

칸나 한 송이 쥔 채, 하얀 수의 걸치고 영면으로 갔던
엄마

그 소녀적 정혈 마시고 피었나
선지 빛 토혈이 시월의 어느 담벼락에 왈칵 쏟아지는
늦은 오후 붉디붉은 칸나의 기억

*행복한 종말: 칸나의 꽃말
**마야: 칸나의 원산지

기다림과 그리움은 묵언默言입니다

기다림과 그리움은 그대를 향한 묵언입니다
다만 기다림과 그리움은
외로움을 견디는 과정의 다름입니다

기다림은 가능성이 열려있는 초조함이요
그리움은 가능성 희박한 비감悲感입니다

기다림은 한 곳에서 서성이는 고독한 서숙이고
그리움은 그리운 것이 가버린 곳을 향하는 여정입니다

기다림은 하염없는 지병이고
그리움은 피었다가 지워지는 재발성 열병입니다

기다림은 속수무책의 시간이요
그리움은 속절없는 공허입니다

기다림은 기웃거리는 조바심이요
그리움은 멀어진 것의 갈구입니다

기다림과 그리움은 그대를 향한 묵언이지만
외롭지 않으려고 그대에게 기대는 마음입니다

결국, 기다림은 그리움으로 수렴되어가는 여정입니다

나바라기

도꼬마리처럼 붙어와
평생을 나바라기 하던 당신
고된 신발 끌고 현관을 들어서면
오직 나바라기 한 사람이 나를 바라본다

얼마나 바라본 지 모르는 동안
나바라기가 아팠고
아픈 줄 모르는 동안
나바라기 안의 뭇 꽃들이 하르르 쓰러져간다

뭇 꽃들이 쓰러져 가는 동안
나는 몰랐고
내가 모르는 동안, 봄밤 뭇 꽃이 무수히 지는 동안
나바라기 당신 열꽃이 된다

열꽃이 되는 줄 모르는 동안
나는 왠지
어딘가 욱신거리게 아파 열병을 앓았는데
실은 나바라기가 아픈 것이었다

오직 저버라기를 바라던 당신

오늘도 고개 꺾인 채 잠들어 있다

비 오는 날의 달맞이꽃처럼

세한歲寒의 뜨거운 사랑

우리가 세한에 들었습니다
이제 봄 하나 보는 것, 정말 겨울 듯합니다
언제가 될지 모르겠지만
누가 먼저 받을 부음訃音일지 모르겠지만
사랑이 떠나가거나, 사랑을 안고 떠나겠지요

아름다운 것은 따뜻하다거나 부드럽다고 여겨집니다
우리는 아직 따뜻하나 아름다운가요
세한의 차가운 석양도
해지는 바닷가 창 안에서 바라보면 한없이 따뜻해 보이지요

죽음으로 차가워진 것도
아름다운 적 있었을 겁니다

꽃이 어리다고 향기마저 어린 것 아니듯이
늙은 꽃이라 늙은 향내 나는 것 아닌 것은
내자를 보면 그렇습니다

모든 세상이 세한에 들었더라도
그 속에 뜨거운 것들이 스며들 틈 있는 법입니다

내가 세한에 들더라도
그대에게 뜨거운 틈 하나 내어놓겠습니다

그대가 세한에 들더라도
나는 그대의 세한에 들어 뜨거운 사랑
지피고 싶습니다

달빛에 손을 넣듯

흰 갈매기 어떤 나무에도 앉지 않습니다
검은 까마귀 물결 근처에도 가지 않습니다만,

나는 왜 남녘 이 멀리까지 와서 내 영혼을 갉고 있는지
잘 모르겠습니다

달빛이라
아무 길이나 걷지 않습니다. 수없이 걸어간 길
나무에 난길 나뭇잎 떨어진 길 바다 위의 길 사막 위의 길
길이 난 길만 걷습니다

나는 그런 달빛 앞세우고 달빛 가고자 하는 길
가고 싶습니다
혼자 와있는 남녘 이 멀리의 홀로의 섬 가조도* 에서
내 영혼이 사각사각 갉기더라도, 달빛과 함께 지고
싶습니다

작은 섬을 돌아 나온 바닷바람에 그리운 달 냄새가 났습니다
내가 그리던 누군가의 냄새입니다
달빛이 언저리에 서성거리고 있어
달빛에 손을 넣듯, 누군가를 만지고 싶어졌습니다

*가조도: 통영과 거제도 사이의 부속 섬 (2024년4월13일부터 한 달 거주)

무한원점

누가 내 그리움을 맑은 나뭇가지에 열음으로
맺어 놓아 줬으면 좋겠습니다

누가 마른 가지에 열린 내 그리움 따갔으면 좋겠습니다
나의 그리움이 낙과가 되기 전에

누가 나에 대한 그리움으로
그 누가의 가슴에 열음 하나 맺고 있는 걸까요

누가 나로 인한 외로움으로
그 누가의 방에 등불 하나 켜놓고 손 모으고 있을까요

나는 본시 잊혀질 사람, 잊혀진 사람
나만 그대 몰래, 그대 안에 있는 것입니다
그대만 그걸 모를 뿐 입이다
약속이 낡았거나, 기억이 묽어졌다거나 그대는 짐짓
모를 뿐
그대와 내가 부수어졌을 때

뒤돌아보지 않고 각자의 길로 흩어졌던 그 날의 송별

그대의 살점 같은 기억, 내 손바닥은 압니다
안다는 것이 고통입니다
망각은 뇌의 훌륭한 융통성이라지만
단지 내 손바닥은 가슴 통증 같아서 많이 아프군요

우리는
원점에서 시작되어 무한원점으로 소실되어 갔을지도
모르겠어요
단지, 그때의 맑은 가지에 얹혀 있던 열음처럼
내 심장은 아직 지워지지 않은 채 떨고 있을 뿐입니다

첼로와 아내

아내의 사타구니에서 바람이 붑니다
활은 나의 심장으로 향하고 활이 일으키는 바람에
음표들이 춤을 춥니다
순하고 굵은 파장
아내의 허벅지가 나의 울림통이 되었습니다

나는 아내의 허벅지에 내 얼굴을 묻습니다
나를 감싸주던 허벅지가 또 하나의 현이 된 듯 나를
켭니다
음계에서 아내의 살 내음이 났습니다

아내는 나를 첼로처럼 바라보았습니다
내가 그녀의 현이 되었습니다
아내가 나를 켜기 시작했고, 심장이 고동소리를 내며
나를 감습니다

나의 남은 생, 언제까지 아내의 소리에 잠길 수
있을지……

아내의 허벅지에 머리를 기대고 울었습니다
신열이 났습니다

음계를 짚은 아내의 손이 마치 내 신열의 이마를 짚은 듯
현을 타고 움직이며 활에서 내려온,
위로慰勞 같은 음표가 내 살을 문대고 있었습니다

아내는 콩나물처럼 나를 바라보고, 그윽이 웃어 주었습니다

계류의 낙엽소리 물소리

쏟아지는 낙엽 떠메고 계류는 간곡하게 흐른다
저 낙엽 우에 달빛 교교히 몇 번쯤 다녀갔으리
차마 붙잡지 못하여 펑펑 울고 갔으리, 계류에 휩쓸려 갔으리

떨어지며 연연히 흘러갔다가, 천 년을 무연히 떠내려 갔다가 다시 피어났을 저 잎새들
천년 숨소리, 묵은 속 울음 같으니……

그때 내 인연의 여인 거기 있었다면
저물어가는 낙엽,
계류에 속절없이 업혀 흘러가는 모습 보며
떠내려간 우리 세월 생각했으리

무엇이 닿아야 울어지는
아래로 아래로 흐르는 빈손 같은 계류의 낙엽소리 물소리
그 여인 내 마음 닿아 울고 서 있었으리
물소리 낙엽소리 그 때랑 매양 같으이……

나비야

꽃을 움켜쥐고 바람에 맞선
나비야, 바람 없는 꽃으로 들어가렴

나 어릴 적
내 발등에 앉았던 기억을 깨워
새벽처럼 다가와, 내 손등에도 한번 앉아주렴

날개는 부채처럼 접고……

나비야, 너 드리운 발자국
울적하거든
얼마 남지 않은, 가을 살빛에 살풋 기대보렴

아, 겨울—
거기 오래오래 숨었다가
봄볕으로 활활 날아와
날개 접고
살금살금 꽃으로 기어가렴……

두고 온 것과 버리고 온 것

버리고 온 것을 두고 온 것이라 착각하곤 한다
버린다는 것과 버려진다는 것
마음 안의 뺄셈과 덧셈처럼 들어내는 것과 더하는 것의
확연한 다름인데도,

두고 온 것은 다 쓰지 않고 남겨놓은 것
언젠가 찾을 수 있는
여지餘地같이, 고향같이 연연해 하는
미련 같은 것인데도,

내 그리움 남겨두고 당신과 떨어져 나온 것은
끈 하나 길게 늘여, 연 끊지 않으려 하는 구차한 모색인
것처럼

그리움 버린다는 것, 다시는 찾지 않으리라는 다짐
같으나
차마 그러지 못할 허세 아니던가

버렸다는 것도, 두고 왔다는 것도
버려진 채로 그리워하고
잊지 않은 채로 무단히 살아내려는 작정 아니겠는가?

그리움, 해변에 와서 죽는 파도처럼

1. 만남

저 유장하게 흘러들었던 강물이 바다에 섞여
파도로 일어나기까지
몇 번의 달 이울고 바람 울었을까 쓰린 그리움 스몄을까

우리는 서로의 빛이었다 그리움이었다
마치 굴광성의 식물처럼 빛을 따라 굽었고 젊은 축대를 따라
순하디순한 순이 섞였다

무채색이던 우리는 서로를 채색해주었다
다른 색이 생겨날 줄 모르면서

2. 갈등

나에게 다가올 그때의 등과 나에게서 돌아설 때의
썰물 같은 등
너는 아직도 흘러보내지 못한 강물
지구 반대편에서 불어오는 바람 같은 네 이름 앞에 나를 멈춘다

3. 연연

손바닥에 가난했던 우리 물줄기가 흐른다
주먹 안에는
미처 보내지 못한 너의 그리움이 해일처럼 일었다
너를 향한 그리움은 허기진 갈망 같은 것
도저히 벗어 날 수 없는 늪 속에 심장이 박혀 본 사람만이
그 그리움의 속 깊이를 아는 것이다

4. 헤어질 결심

내가 먼저 주먹 안의 너를 꺼내 강물에 띄워 보낸다
누군가 흘러 가버려야 끊어질
해변에 와서 죽는 파도와 같은 그리움을……

내 우주의 中心이
너에게 옮겨 가고 난 후의 일들

오늘도 나는 너 이름 앞에 나를 멈춰 세운다
너를 부르는 것은 내가 한번 더 살아지는 것

너는 흘러보내지 못한 강물
그 강물에 내 우주의 중심을 실어 보낸다

지금을 밀어내고 저 멀리의 미망迷妄으로 한들 흘러가는
네가 보인다

나는 네가 그리워서 미쳐간다
내 중심이 너에게로 옮겨간 후의 일이다

네 몸에서 선한 냄새가 돌기 시작한 것은 그 무렵이었다

너의 미혹의 향기에 젖어, 몽유의 길을 내가 가고 있다
흔들리지만 깨어나고 싶지 않던 꿈들……

계절마다
너에게서 불어온, 바람의 뼛조각이 삭신에 박히곤 하였다

너의 버려진 우주가 강물처럼 나에게로 들어오는 것이다
나는 너를 용서한다

너의 강물이 이제 내 안을 흐르고, 너의 미상迷想은 강물에 쓸려갔다
내 우주의 중심이 너에게 옮겨 간 후
창 안의 마음과 창 밖의 마음이 포개진다

파르르 떨던 문풍지의 밤은 줄고, 방안에서 몸서리치던 달빛이
그윽해졌다

너의 그리움 속에 내가 언제나 속해 있었다는 것을
이제 알겠다

첫사랑

낡은 슬픔 주무르지 마세요
아픔이 불어터집니다

헌데에 새살이 아프게 돋아나니까요

반지레하지만 상처입니다
슬픈 자취 긁지 마세요
새살은 가렵기 마련입니다. 덧나면 어렵습니다

부르는 소리 어디에도 없지만
자꾸 뒤돌아봅니다

나의 시간이 그칠 때라야
그만둘 수 있을까요

끝없는 끝 아닐지요?

처음이라 잘 몰라서 그랬을 겁니다

2부

피고 지는…..

눈스앤피플

바다의 이삭이 낙화처럼 눕다

바다의 이삭이 낙화처럼 눕습니다

일시에 가난해지는 영혼 누구에게나 있습니다
바다의 낙화가 그렇습니다
일시에 가난해지지 않는 영혼도 있습니다
바다의 이삭이 그렇습니다

이삭과 낙화는 결실結實인가요, 결실缺失인가요
결실結實을 위한 결실缺失 아닐는지요

바다의 꽃잎이 이삭 곁으로 떨어져 눕습니다
꽃잎도 썩으면 거름이 되겠지요
썩은 것이 산 것을 살리는 이타利他의 땅에서, 이삭이 기적처럼
몸을 트는 것을 보면
저 꽃잎,
맺혔다가 떨어져 미처 거두지 못한
이삭의 어미였을지도 모르겠습니다

바다의 이삭이 낙화처럼 누웠습니다
내가 이 생명들 어떻게 거두어 피워 낼 것인지
이 생명들이 나를 거두어 살을 내어 주기나 할는지
모르겠지만……

바다의 이삭이 낙화처럼 눕습니다
나는 이삭과 동행이 되어 낙화 곁에 눕고 싶어졌습니다

개화 그리고 낙화

1.개화
봄이 일어서면 온 들에 살 트는 소리 들린다
꽃이 피며 아픈 소리

사람이 아기를 낳는 것도
살 터지면서 꽃 하나 피워 내는 것이다

꽃향기, 아기의 살 내음처럼 환하다
개화 지나며 격렬하게 몸 여는 꽃잎들, 아직은 꽃의 시간

2.낙화
얇은 살점들이 나무를 떠나 바람에 섞인다. 뒤척인다
열매를 위한 혼신의 탈피 그리고 허공으로의 풍장風葬

어떤 변이가 이토록 조용한가
순한 꽃잎의 비행과 착지,
바람에 버려져 한 우주가 벗고 다른 우주가 열린다

그 열매 땅 위에 떨어져

생살 내어주고, 흙의 온기 만난다면 훗날 다시 피어나리

낙화의 개화開花로……

낙엽이 지고 있습니다

낙엽이 지고 있습니다
날개 다친 천사들처럼 추락해 내리고
떨어지는 천사들을 두 손으로 받아 내 가슴에 안고
천사들의 날개를 곱게 펴줍니다

천사의 숨소리가 내 귓가를 어지럽히고
천사의 심장소리가 내 심장에 박동을 더하여

막 끓던 피는 거기서 딱 멈추고
타지 않은 채 마냥 붉은 빛으로 낙엽이 지고 있습니다

낙엽 다 지고 나면 뼈다귀 같은 나무,
바람과 맞서 있다가 잉잉 울고
내가 안은 천사들 추워서 벌벌 떨고……

날개 곱아서 더는 날지 못하는 천사들,
다 안지 못해
마냥 쌓이는 낙엽 더미에 내려놓아 버렸습니다

천사들의 숨소리 멀어지고, 심장박동 소리 옅어지고
나는 뼈다귀처럼 서 있었습니다

천의무봉天衣無縫이라 했나요
나는 너무 추워
박음질 없는 천사의 옷 한 벌 얻어 입고 싶어졌습니다

낙엽 더미 안에 들어, 눕고 싶어졌습니다

녹

세월을 입는 것입니다. 점진적 몰락이며
은둔형 파괴입니다

제 살을 갉고 피어나며 근간을 흔드는 또 다른 세포들
부실한 피막, 이 또한 내 몸입니다

녹을 닦는 일, 세월이 묻힌 비루를 벗기는 일입니다
내 살 겉의 녹도 잘 벗겨내면 반짝거릴까요
희박한 일이지요

문제는 내 안의 녹입니다 벗길수록 두터워지는
허망이라는 녹
아, 이것은 어디에 녹는 것입니까

세월에 입은 녹은
세월이 가장 용한 용해제가 아닐지요

불가마에 누워야 나의 세월이 녹아내릴 것입니다

고구마 순 같은

비등하기 시작한 찻물 보다,
끓다가 넘치는 잉여의 온도에 가슴 데는 사랑보다
은근한 고구마 순 같은 연한 사랑이 더 뜨겁다

황토 같은 고구마 몇 알 벙글어놓고, 밭 둔덕 슬슬 기며
아무도 안 쳐다보는 넝쿨에
부끄러운 듯 고구마 꽃 한 송이 내미는,

은근한 군불에 윗목까지 온기 배어들 듯
화톳불 빨간 고구마 몇 알 쥐여주던 고구마 순 같은
당신 다스한 손길

고구마 꽃에도 찾아 드는 벌 나비 있듯
땅속 황톳빛 열음 주렁주렁 맺는, 그것 빚어낸 당신 한 결만
내게 걸어와 준다면,

나에게 너무 많이 주지 마세요
나는 그저 당신 마음 한 소쿠리만 있으면 되니
고구마 순 같은……

수북이 쌓이는 파도

오늘은 서귀포 앞바다의 물낯이 검게 변했습니다
겹겹의 파도가 미처 사그라지기 전에
마치
격렬한 탱고의 아코디언 주름처럼 파도가 밀려옵니다

파도가 파도를 파먹습니다
파도의 입술에 번지는 하얀 거품들,
할 말이 참 많은 탓이라 여겨집니다마는
매번 똑같은 말만 추임새를 바꿔가며 반복하기만 합니다

맺힌 것이 많은 사람들의 주절거림 같은,
내 마음 미상迷想의 껍질이 허벅지게 포개진 것 같은
청상의 목양 치마 같은 파도가 수북이 쌓였습니다

바다 파 먹고 사는 사람들
돌아와 누우면
그제사 설움처럼 터지는 파도소리 들리는데
누가 저 서러운 곡曲 밤새 흘리는지

물길 한고비에 파도의 곡비들이 밤새 쏟아내는 곡哭소리,

하얀 거품의 창백한 파도가 수북이 쌓였습니다

연어, 유전의 부호를 물고

어떤 강 역류의 물길에서
본능을 매듭짓기 위해 탈수되어가는 연한 연어들

그들의 조상이 유전했듯이 핏속에 흐르는 환향의 갈망은
미련未練인가요 연연인가요

너들겅위의 얕은 물길을 헤치는 지느러미의 역동은
산란을 위한 노 젓기입니다

본능의 의무인지, 의무를 위한 본능인지 그 어떤 의미가
이다지 곡진한 것일까요

산란을 위한 배설
알과 곤이가 만나면 탈곡된 가시에서 부화하는 생명
생명들,
그 순한 눈망울들이 찢겨진 어미의 튼 살을 지켜보며
기억처럼 다시 돌아와 자신의 살을 찢고 알을 낳을
것입니다

먼저 흘러간 강물은 뒤 강물을 기다리지 않습니다마는
뒤 강물은 오체투지의 연어를 맞습니다

해산과 함께 江의 거룩한 이바지로 남을,
피라미도 송사리도 한입 한입 베어먹어 허물어져 가는 몸
천천히 내어줍니다. 기억할 것입니다

거친 물 연한 언어를 품고, 강에서 말라가는 연어
그것의 자子들이
유전의 부호를 물고
해체된 어미의 기억으로 다시 돌아올 것입니다

옥수수꽃이 피었습니다

꽃 없이 맺는 열매 있으랴
속에 속에 무수한 꽃을 담은 무화과
무엇이 부끄러워 내놓지 못하고 피는 것이냐
무엇이 아까워 보여주지 않는 것이냐, 나무의 꽃이거늘

옥수수꽃을 보아라
아무도 눈여겨 보지 않으나
푸른 잎 우듬지에 당당히 내놓은 선머슴 버짐 같은 꽃을

보리 이삭 팰 무렵
그 꽃 밀어내고 알알이 익어가는 태양의 열매들을 보아라
누가 보쌈하여 갈까 봐
스스로 삼베 같은 잎으로 여미어 키운 알곡들을 보아라

옥수수꽃 피면 누렇게 뜬 아이들 얼굴이
구황의 열매로
뽀얗게 익어 갈 것이다

잡기놀이 하기 좋은 옥수수밭에서 참새들 재잘거린다
"옥수수꽃이 피었습니다"

지는 향기, 피는 향기보다 더 아프나니

뇌 없는 꽃이라 향기마저 없을 소냐
향기도 뭣도 없이, 뇌는 있으되 뇌 없이 사는 인간 많으이

화원은 꽃을 키우는 곳인가, 꽃을 죽이는 곳인가
사람은 화원에 꽃 사러 간다
화원 아가씨
꽃대를 싹둑 자른, 꽃 비린내 나는 손으로 다발을 만든다
꽃의 여명餘命이 촌각을 지나간다

꽃의 종말은 뇌 없는 사람이 사랑한 곳에서 시작되리라
꽃의 육신을 집에 가져와서
곧 시신이 되어 갈 꽃향기를 우아하게 들숨에 넣는다
아픈 것들의 치욕 내음이 방안 가득 퍼져 나간다
벌레 한 마리 꽃송이로 향한다
아무리 하찮은 벌레라도 꽃잎은 갉지 않나니

꺾지 마시라 함부로

그냥 곁에 두고 향기 맡으시라, 그 생물도 통각痛覺
있나니

지는 향기, 피는 향기보다 더 아프나니

사랑의 기억 법

당신의 기억을 내 뇌리에 저장하고 있는
나의 고뇌처럼
당신의 기억을 내 가슴에 저장하고 있는
나의 비애처럼

당신은 나를 저장하고 있나요
어디에 저장하고 있나요
당신도 나의 고뇌처럼, 비애처럼 저장하나요
아니면 그냥 버렸나요

괜찮아요 그냥 버려도요
내가 먼저 버리지 않을 테니까요
버린다는 것은 비운다는 것. 비울수록 꽉 차는 그것
어떻게 버리겠어요

만일 정말 버렸다면 혹, 분리수거 하여
따뜻하게 날 사랑하던 기억만 남겨놓고, 차고 괴로운 기억들은
일반 쓰레기봉투에 담아 버렸나요

당신은 나의 심장에 깊고 진한 문양을 새겨 넣었어요
결고 지워 낼 수 없는 화인火印같은 문신을요

아플수록 선명하게 드러나는 사랑의 기억 법을……

윤회 같은 봄

씨앗들이 도란거리며 머리를 내민다
땅속에서, 봄 기미 알아채고 가녀린 몸 여는 것이다

짓눌린 땅의 무게를 가볍게 파고 나오는
저 연속의
파릇한 혁명을 보아라
빛과 합성으로 내지르는 살가운 아우성이 들리지 않는가

거의 다 왔다!
이제 파릇한 몸 개키며 꽃 피우리라
처음의 바람에
접부채처럼 춤추며 앙큼한 나비 날아들고
봄,
나비와 꽃의 정사로
꼬옥, 꼬옥, 꼬옥, 씨앗을 그 꽃송이 안에 낳으리라

여문 씨앗은
땅에 떨어지고, 차가운 땅에서 어디로 불리어가거나
땅속을 파고들거나

윤회 같은 봄이 똑, 똑, 똑
노크처럼 올 것이다

키 작은 들꽃은 어떻게 낙화하는가

(내가 격렬하게 몸 여는 것 본 적 있나요)

왜소 꽃이라 어린 향기 아닙니다
풀꽃이라 풀 내음 아닙니다
지는 향기, 때로는 피는 향기보다 간곡하지요

지탱해줄 가지 없습니다마는
뿌리가 뿌리를 붙잡는 결속을 믿고 천 번을 낙화해도
결코 지워지지않는,
그 이름 불려지지 않아도 서러울 것 없는
이슬 같은 낙화

오늘 하루만큼의 들꽃으로 피고
나비 한번 다녀간 적 없는 순결한 대지에서
내일 그 만큼의 들꽃으로 시들어가다가
아무것도 맺지 못한 채
마치 그 이름 없애기로 하는 것처럼 풀섶으로 뛰어
내립니다

향기 다하고 멀리 날아가지 않는 낙화
버림받지 않기 위해 차라리 풀섶에 눕습니다
풀잎 사이 은닉하는 마냥 들꽃입니다

다산어보茶山魚譜

어창 안에는 모름지기 안면조차 없는 어족들이
살을 부대끼며 숨을 섞고 있다

바다 안 다른 해류로
마주칠 일 없었을 남녀노소 혈색이 각각인 어족들

운명이 대략 같아질 이들은
다만 몸값에 따라 사후에 취급받는 손길과 혀가 다를
뿐이다

비늘 있는 것과 없는 것, 뼈 있는 것과 없는 것

같은 어창魚艙에 갇힌 각기 다른 죄 없는 죄수들의
조리법에 따라 달리 나누어지는 형벌,
날로, 찜으로, 탕으로, 구이로……
조선의 능지처참보다 더 아프겠다

절도안치絕島安置로
절애의 섬에 유배되어 쓰여진 다산의 어보

갖은 비린내들이 서로의 체취를 맡으며
참형의 시간을 모른 채 어창 안에서 유영하고 있는데,

낯선 물고기 비늘 같기도 한, 무심한 구름 몇 점이
어창 수면 위에 어둡게 탁본 되어 흐른다

말

죽어서야 눕는 말의 직립 수면
꿈에서도 휘날릴듯한 갈기, 우리도 한때는 말처럼 달렸다

관절염 없는 말의 무릎, 끊기 힘든 관성의 쾌주로 언제든지
달릴 채비가 되어있는,
말발굽 편자처럼 또박거리는 말의 거친 행로들을
서서 자는 말의 우둔한 체념이라 말하지 말라

고기를 먹지 않고도
넘치는 박근 봉공근 반건양곤… 툭 불거진 힘줄들
그러나 선하디선한 눈

고기를 즐겨먹는 우리의 그것과 비교도 안 되는 男根
교미할 때도 달리는 자세다

고기를 먹지 않는 말
관절염이 시작되면 고기가 된다. 해체된다
채식주의자의 분노의 질주는 관절염에서 멈춘다

죽어서야 눕는 우리의 말(言)

서서 자는 말(馬)의 고행을 우리는 수행이라 말해야 한다

백 년 포도나무 와인

아르헨티나에는 백 년의 포도나무에서 열리는 포도로
와인을 담그는 와이너리가 있다

어쩌다 늙은 사내에서 흘러나온 정수精水처럼
뿌리가 퍼 올린 몇 방울의 즙이
포도나무의 연한 순을 타고 노부老婦의 유두 같은 검은
포도가
몇 망울 열리는 것이다
폐경으로 닫힌 문이 다시 열리는 것이다

이런 와인을 마시다 보면 웬일인지 회춘한 연인의
젖꼭지를 만지작거리는 것처럼 내 혓바닥의 미뢰가
꿈틀거린다

백 년 동안 봉인된 즙이
늙은 임부의 산통으로 콧등에 송골 맺히는 진땀과도 같은
백 년 포도나무의 여린 열매를
꾹꾹 밟아 얻어낸 체액으로 숙성시켜 만든 아르헨티나의

어느 늙은 와이너리의 와인

완전한 폐경은 없다는 듯이 착상된 배아가
백 년 포도나무에서 맺힌 와인을 마시면 어쩐지 짠하다

나의 백 년에는 어떤 즙이 남아 있을까
내가 백 년이 되어 본다

노량진

기실은
먼바다의 밀물과 썰물에 치이며 단단하고 차진 육질을
만들어 왔던 것인데
어쩌다 아가미로 숨 쉴 수 없는 공간,
나무 상자 위 얼음에 누운 채
눈뜨고 죽거나 죽어가는 노량진 어물들과
아우슈비츠 감옥 같은 어항에 갇혀, 허기가 유영하는
시한부 어생魚生들을 본다

빨간 고무 대야에서 뛰쳐나온 놈들이
선홍색 아가미를 할딱거리며
폐선의 노櫓 같은 지느러미로,
냉기와 비린내의 바닥을 휘젓는 단말마 같은 몸짓도 본다

(시장 바닥은 이미 허방 같은 늪이야. 늪에서 지느러미는
애물이지)

죽은 파도 소리 들리는,

새벽 밀물과 파장 썰물이 드나드는 노량진은
도심 속 초대형 수조

노량진에
바닷물이 범람한다면 가오리 꽁치 갈치 멍게 해삼
낙지들을 태우고
노아의 방주처럼 터키의 아라라트산으로 향할까?

동병상련이랄까?
쓸데없는 상상이 노량진 입시학원의 공시생처럼 쏟아져
나왔다

나와 같이 놀던 시간

여명과 같이 찾아와서 석양으로 흩어지는 적막은
가슴으로 온다
시간과 놀다 보면 시간 속에서 허적이는 나를 본다
내가 시간을 죽일라치면 다시 살아나는 시간이 나를
죽이는 거다.
나와 늘 같이 놀던 시간이

나에게 얼마 남지 않은 시간, 내가 못 죽여 안달이다
어떤 선고를 받아야 시간 앞에 엎드려 빌어질까
시간아 가달라고 빌까, 준비할 시간 조금만 더 달라고
빌까
(그동안 준비 안 하고 뭐 했지)

시간이 후회하고 있다
시간이 아파하고 있다 나와 놀다가 놓친 시간들을

나에게는 다 써버려 아무것도 할 수 없는,
암暗이 명明을 밀어내듯
암癌이 명命을 거두어 가는 어두운 시간만 가득하다

석양과 여명이 겹으로 와서
내가 번제燔祭*의 제물로 올라갈 시간, 아무도 함께 놀아주지 않을
기껍지 않은 시간이 가까이 와 있다

*번제: 제물을 태워 신을 기쁘게 해드리는 제사

심장은 바로 거기에 있어

심장에 장미꽃이 피었어
장미의 가시가 심장을 건드리면
심실과 심방의 피가 덜컹거리며 달리기 시작해

그때가 클라이맥스야
신랄한 피의 역동, 빈맥이라고 해
200펄스의 심장 세동
콸콸 피가 떨며 흐르지. 몇 펄스에 심장이 퍼질까

심장이 쥐락펴락할 때마다 온몸이 울걱거려
뇌에 급류가 흐르고 지천支川에 가서는 꽃처럼 터지지

그녀 심장은 어디에 담겨 있기에 그렇게 북받쳤던 거지?
터지지 않는 거지?

"나는 생각했어 만약에 만약에 말이야, 우리나라에
노벨 문학상이 나온다면
한강 훨씬 남쪽의 전라도 광주 사람에게서 나올 거라고"

내 예감이 적중했어. 왜 그렇게 생각했냐고?
518이 거기서 났거든
뭣이든 한이 있어야 상이 있거든, 518의 부상인 거지

심장은 바로 거기 있었던 게야
밟혔지만 짓이기지 않은 채로

노벨상이 한림원에서 발표되던 그 날
내 심장도 잠시 거기에 있었지. 콸콸 피를 흘려보내면서
터질 뻔하게

산 버찌 빨갛게 익는 날

산기産氣 훅 끼쳐오는 봄날 밤이었다 그날 밤은,
달빛도 가만히 숨을 죽였다
山이 바람 데우러 간 사이 산벚나무 몸을 틀었다
(산파가 물을 데우러 가듯이)

실은,
뿌리가, 둥치가, 우듬지의 초록 이파리가
온 세포를 열어젖혔을 것이다
잔가지가 해산하듯 온 산을 신음으로 내질렀을 것이다
지빠귀 다녀갔으리라. 산후조리 잘하라는 듯 안부 놓고 갔으리라

가지마다 산통産痛이 주렁주렁 열렸다
開花!
잔가지 몸을 열고 꽃봉오리 맺는 것이다
시방,
세상의 문을 연 것이다. 그리 오래 열려있지 못할 門,
그 문을 향해 다시는 걸어 들어가지 못할 門
(꽃은 몸을 열 때보다 닫을 때 더 아플 것이다)

그래도 배어야 하는 것이다. 낳아야 하는 것이다

산 버찌,
알을 까고 나온 듯, 개화한 자리에 조롱조롱 매달려있어
그것,
빨갛게 익는 날 지빠귀 초롱초롱 날아 들 것이다

홍매화 꽃잎 흩날리면

1.

무작정의 허무가 하르르 내립니다
꽃이파리 몸을 벗어 한 우주를 덮습니다
낙화처럼 흘러내리는 당신
내가 벗어 누구를 덮어 줄 수 있을까요
내가 벗으면 누가 나를 덮어 줄까요

홍매화 꽃잎 흩날리는 선홍 낭자한 계절에
떼로 뛰어내리는 무수한 낙화들
뜨겁게 지핀 사랑 서늘하게 지는 것이지요

잎맥에 울혈 지어 붉게 붉게 각혈하는 꽃잎
이제 가라 가라 하고 싶습니다

2.

벗은 낙화가 내 가슴 위로 떨어져 눕습니다
바람과 낙화가 같은 보폭으로 나를 향해 걸으니
내 몸이 신의 정원이 된 듯하군요

바람 따라 흩어졌다 모이는 낙화 더미들
꽃 무덤처럼 소복하여
어쩐지 애장터 같아 마음이 에입니다

3.

모든 낙화가 그러하듯
그것은 멈춤을 향한 진행이었습니다
해산하듯 꽃잎 밀어낸 가지에 망울진 홍매실의 부요
그것은 열림을 위한 행진이었습니다

홍매화 꽃잎 흩날리면
화사한 햇살 앉은 툇마루에서 나를 곁에 두고
동동구리무 찍어 바르시던 어머니 무지 그립습니다

낙화 유정

얇은 살점들이 바람에 흩날리네……

누가 흔든다고? 그래서 뛰어내린다고?
핑계 대지 말고!
지상으로 서럽게 착지하여 사람의 마음을
얻고 싶은 거지

만기 다해서 쫓겨 나는
세입자 같은, 그깟 꽃잎 몇 쪼가리가 사람 흔드는 거지
사람 마음 구겨놓는 거지

심란한 찰나에 바람불어 꽃잎 몇 흩날렸던 거지

아, 근데
마냥 자빠져 누운
저 쓰라린 꽃잎 다 어떻게 해?

生理

생리가 끊어졌다고?
(그기 끊어지모 얼라가 생깄다는 긴데…)

그라모 생리는 생명을 잇는 끈 아이가?
(생명 덩어리가 쑤욱 나오메는 한동안 월사月事*가 없다
카던데…)

생리는 월경月經이 아니고 월경越境인 기야
몸과 몸의 경계를 넘는 기지
그래서 정혈精血이라고도 카지
생리가 끝나면 잉태의 시간을 기다리는 기야

그러다가 언젠가는 닥치는 불임의 시간
폐경이 오는 기야
폐경은 dead end란 말이지. 그래서 완경完經이라고도 카지
막힌 길이 아이라 돌아 나오라고 카는 기지
인생을 찬찬히 돌아보라는 거 아이겠는가

생리대로 살아가라는 게지, 생리대生理帶가 아이라꼬!

*월사: 생리를 일컫는 말

내가 해바라기 되어

나는 씨줄과 날줄의 촘촘한 황금밭 속에서
그대가 경작한 굴광성 세포.
음밀의 방에 들어, 목이 휘도록 그대 가는 길을 그립니다

나의 그리움이란,
내가 해바라기 되어 가슴속에 그대를 두도록 애쓰는 마음입니다
고개 숙였던 밤 지새우고, 그대 나오기를 기다려
그대에게 닿으려는 무작정의 바라기였습니다

청명의 환희였다가, 우수의 근심이었다가,
입추에 만개한 나
이윽고 상강의 상실이 되나 봅니다

만추의 내 씨방에는
그대 향한 내 열망의 씨앗이 속으로 속으로 까맣게 맺혀
일평생 그대 향했던 목을 더 이상 가눌 수 없습니다
누군가가 곧 내 목을 가지러 오겠지요

나, 이제 그대 바라기 할 수 없나니
까맣게 영근 내 소망의 씨앗 하나라도 땅에 들면
미완의 사랑을 담아 그대와 일별一別하고자 합니다

내가 해바라기 되어
후일 뜨거운 그대와 조우 할 수 있기를 소망하며……

운명이 흐르는 물길

어머니의 자궁 안에서도 너는 무엇을 자꾸만 만졌을
것이다
손에 첫 소망을 넣고
폈다 오므렸다 했을 것이다
운명의 손금이 그렇게 생겨났으리라

펴는 순간 자궁 안에서 가져왔던 그 무엇을 잃을까 봐
태어날 때부터 두 손을 꽉 쥐고 있었던 거지
어떤 운명인지도 모른 채

네 손 안에는 늘 어두운 강물이 넘실거렸지
샛강에서 발원하여 생명선으로 이어지는 강의 흐름에
운명의 물길이 잡혔던 것이야

너는 그 운명의 손으로 나를 오래오래 만졌어
나의 운명이,
너의 운명이 흐르는 물길로 뛰어든 순간이었어

그 운명의 물길로 같이 떠내려간 것은
네가 나를 오래 만졌기 때문만은 아니었을 것이야
어쩌면 같은 운명을 타고 나왔을지도

어떤 물길도 거슬러 올라갈 수 없듯이
그 운명의 물길
어느 바다에서 풀어질 때까지 같이 흘러 흘러 가보는
거지

3부

흔들리는.....

거미와 나

한겨울 방바닥 설설 기어 다니는 거미를 향해
파리채 들다가
저 한 마리의 허기가 내 방구석에 찾아 든 의미를 생각하며
빈 바닥을 힘껏 내리쳤다
숨어라 도망가라

봄 되면 네가 왔던 길로 돌아가서
호호막막 허공에 홀로 앉아
글 하나 걸리도록 얼개를 짜는 시인의 마음으로 기다림을
쳐라 던져라

나도 한때 빈방의 한겨울 거미처럼
막막한 허공에 허기진 그물 펼쳐 시어 하나 걸리도록
내 가슴에 결박을 치기도 했었지

봄이 왔거늘
네 본능, 실(絲)토하듯 허공에 실토(實吐)하고
촘촘한 술수를 내걸 거라

너는 실을 짓고

나는 시를 지으리라

물수제비와 인생

자세를 최대한 낮추고 물과 돌이 수평을 이루며 팔매질하는
물수제비 뜨기

분노가 날아가기도 하고, 환희가 던져지기도 하지만
물낯이 찍히고, 돌은 몇 걸음을 융기하다가 이내 침잠한다

찰나의 시간에 산과 골이 만나 곧 일별이다
그 짧은 시간을 짬이라고 해야 하지만, 나는 좀 더 긴 호흡으로
겨를이라 말하고 싶다

몇 걸음의 겨를을 걷다가 깨어지는 물낯과 가라앉는 돌,
아무 일도 일어나지 않은 것처럼 짐짓 시치미 떼는 한 장帳의 수면
우리는 살면서 얼마나 많은 뜸과 침몰을 맞는가
누군가의 팔매질에 깨어진 적 없는가

의미 없는 투석 같은 물수제비의 행보.
누구나 한 번쯤
장엄하게 떠올랐다가 잠깐의 파문을 남기며 가라앉는
저 던져진 돌과 같은 우리의 인생을 보아라

삶의 산과 골이 물수제비의 돌처럼 잠시 떠 올랐다가
아스라한 기억으로 사라져버리는 우리의 이야기들,
물밑에 가라앉아있는 돌과 무엇이 다르랴

중력을 가진 모든 것들은 추락한다
중력 없이 추락하는 우리의 영혼은 무엇의 무게로 낙하하는가

우리의 영혼도
물수제비 뜨이듯 퐁당퐁당 살았을 것이로되
잠시 머물렀다 가는 시공時空의 틈,

우리가 떠 있는 얇은 막膜 같은 짬, 겨를 같은 오늘을
팔매질 당하지 말고 살아야 할 터인데……

미완의 시

붉은 원고지 칸 안에 가둔 말들이
스멀스멀 기워 나와 내 목을 조르려는 밤이다

(들어가라 말들아, 도로 원고지 칸 안으로)

너와 나는 그 붉은 네모 안에 위리안치되어있어
벗어나려 발버둥 치지만
그 사각의 둘레에 처진 탱자나무 가시에 찔리곤 한다

말(言) 하나 풀어지기만 한다면, 붉은 줄 하나 싹둑 끊어
왈칵 쏟아질 말들 데리고
행간을 향해 기꺼운 발걸음으로 걸어 들어 갈 텐데

그 말, 내 안에 숨겨둔 말 못 할 사랑의 고백 같아
스스로 끄집어내지 못하고 있나니, 나의 불민함 이거늘

체념도 희망도 고백도, 마치지 못한 詩도
미완의 사랑 아니겠는가

내 어찌 붉은 원고지 칸 안에 묻혀있는 말들, 이삭 같은
글자들을
탈곡脫穀 하듯이 탈탈 털어내고 싶지 않겠나
지독하게 아팠던 원고를 탈고脫稿 하듯이……

나에게 윤회란……

잎을 유기하는 겨울나무처럼
나는 내 남은 생의, 가시 같은 시간들을 방기하며 지냈다

나무는 늙어 나무토막이 되고
나는 늙어 마른 나무 동강이처럼 되었다

내가 죽어, 나무토막은 나를 태우는 다비의 땔감이 되고
나는 끓다가
나무와 함께 재로 흩어질 것이다

세월이 한 바퀴 돌면
나무가 뿌린 씨앗이 트고, 새잎이 돋아 그 나무가 되지만
나는 어떤 새잎으로 태어날까

무섭다
나에게 윤회란……

그대, 내 안의 불길

내가 그대를 내 안에 가둔 적 없습니다마는
자꾸만 그대 마음이 빠져나가,
헐렁해진 내 마음의 구석
그대 들어 오는 내 안의 길목에 逆止瓣* 하나 달까 봅니다

그대 내 안의 불길이 되어주세요

그대의 불길에서 끓다가 끓다가 내 심장을 삶다가
넘쳐버려도
나는 그대 위, 또는 그대 아래에서 더 끓겠습니다

내가 끓었다 해도, 열병으로 앓다가 죽지는 않겠습니다
그대 내 안에 든 동안에는
나는 그대의 불길에 활활 타 죽겠습니다

차라리 그대 안에서
펄펄 날리는 재 되었으면 좋겠습니다

*역지판: 들어 오기만 하고 나가지 못하도록 막는 유체의 기구

내가 화석이 되어갔다

–고려 박신과 홍장의 사랑 이야기에서 모티브 함

아, 저 바람, 천년 전 불어와
성긴 돌담에 갇혀 미처 돌아가지 못한 바람 아닐는지
저 파도, 천년 전 몰아쳐 다가와
절벽 바위에 부닥쳐 아직 머뭇거리는 파도 아닐는지

환한 파도로 일어서기까지 몇 번의 달이 이울고
바람 울었을까 쓰린 그리움 스몄을까

불어오는 것과 다가오는 것, 바람 없으면 파도 있으랴
어둠이 섞여 어느새 한 몸이 되어, 파도는 바람처럼 불고
바람은 파도처럼 일렁인다

천년 전 그날, 새로 생겨났을 파도와 새로 불어왔을
바람과
그것을 타고 바다로 나갔을 그때의
나의 처녀 항해에 대해 생각해 보기로 한다

그때 어느 생경한 포구에서 만났을 천년의 그대가
그리움처럼 흐르고
그 포구에 낙엽 우수 떨어질 때 그대는 내 가슴에 쌓였을 것이다

그대에게 닿으려 새로운 항해를 그리워할 때
포구의 낙엽이 천년 먼 길처럼 지층에 쌓여 굳어지고
천년 후 새로운 생각들이 미풍에 흔들린다

천년 전 그대 속으로 들어갔던
맨 밑의 생각들이 나뭇잎 화석처럼 굳어지는 동안
내가 점점 화석이 되어갔다

가득 찬 거리를 텅 비게 걸어 본 적 있니?

연극 끝난 극장처럼 걸으면 돼
아무도 너를 안 본다는 걸 알면 돼, 보면 어때
어깨에 걸쳤던 숄을 두건처럼 두르고
광기가 득실거리는 거리를 걷다가 나신처럼 서 있는 거지

거리가 영사막의 말 많은 대사처럼
지나갈 때를 기다려. 곧 대사가 끝날 테니까

그러면 허기가 가득 찬 거리가 나와.
그때 막 걸어가면 돼
텅 빈 머리로, 홀가분한 가슴으로 활기차게 걸어야 해

아무도 모르는 거야
네가 대사에서 쫓겨나 거리에 내몰렸다는 사실을

가득 찬 거리를 텅 비게 걸으면
네 안에 허기가 가득 차게 되어있지
그때 게걸스럽게 먹어 치우는 거야. 거리가 텅 비게

그렇게 살란 말이야
거리가 너를 먹어 치우기 전에

우아하게 걸어가는 거야
아무도 없는 거리를 꽉 차게……

개기일식

맞음 편 교차로에서 잠시 서로를 등지는 듯, 마주하는 듯

(뜨겁고 따가운 것은 맨눈으로 볼 수 없지)

비워진 것만
아니 완전히 채워진 것만 외면하듯, 일견할 수 있는
경이驚異!
사는 땅이 달라서
밟고 서 있는 곳의 명과 암을 모르고 살았다

교차로에서 마주 선 너를 볼 수 있는 것은
변곡점이 수렴되며 소실점으로 향하고, 일직선 상에 놓인
것들이
하나가 되는
네가 나에게 들어오는 단 몇 분!

올곧은 마음으로 곁을 보는
어쩌다 마주친 어색하지만 짧은 조우

또 얼마나 길게 시간을 보내야 하나
간신히 맨눈으로 네 마음 결 볼 수 있는 그 날은?

마지막 수업

서녘 하늘 작은 별에 한 촉燭 불 들면
처마 밑에는
여태 둥지 틀지 못한 티티새 한 마리 날아들어 날개 접는다
눈 어디 둘 곳 없어
겨드랑이에 노란 부리 처박고 한뎃잠 자다 보면
동틀 것이다

날 때보다 날개 접었을 때 더 두근거린다지 티티새!
소리에 잠드는 탓이다
한 종지도 안 되는 검정 콩알만 한 심장이 펴 올린 피, 콩콩 뛰는 것
모든 움직임에 선잠 자는 탓이다

떨면서도 피는 잘 돌았나 보다
외등 파닥 꺼지는 소리, 삿된 욕망에 눈을 지릅뜨고 비상이다

성숙하지 못한 티티새 포도 나무 언덕으로 날아갔다
반숙半熟의 포도알에도 부리를 들이미는 티티새!

네 둥지의 조그만 알들이 구렁이에 먹히던 아픔을 생각하며
쪼여서 아픈, 빼앗겨서 아픈 포도의 말을
알퐁스 도데의
마지막 수업처럼 잘 들어야 해

늙은 강

조르륵 눈물이 흐른다. 시나브로 콧물이 흐른다
미처 다물지 못한 입가에 침이 흐른다
시도 때도 없이 오줌 길이 열린다

몸에 물길이 나 있나?
늙으면 몸이 江으로 되나 보다
여기저기 범람하는 육신, 강물 출렁거리는 소리

나는 다만,
그 물길을 끊고, 어느 한 곳 흐르지 않는 마른 강 되어
내 습윤이
나의 中心에서 바삭거리며 멀어져 갔으면 좋겠다
불가마 위에서 끓을 때 넘치지 않도록……

요포 차지 않고 가면 좋겠다
마른 헝겊처럼, 정갈한 낙엽처럼 가벼이 타서
재 되어 활활 날아가면 좋겠다

내가 죽어 누가 울어 준다면, 마르게 울어준다면
나는 차라리 한 장帳 의 江에 누워, 너울너울 흘러가도
좋으리
몇 겹의 젖은 대지를 떠나……

몰두에서 권태로

나의 생이 비워가는 동안
나는 나의 생을 채울 것에 대해 터무니없이 몰두했다

내 생의 갈피에 끼워 둔 갈피 같은 기억이
후회처럼 툭 떨어졌던 시절이었다

그 갈피가 가르고 있던 앞장과 뒷장, 왜 거기에서 멈추고
갈피를 끼웠을까
어떤 생경한 의미로 어떤 다름을 보았을 것이다

갈피를 잡을 수 없는 기억
성숙하지 못한 생각들로 어쩔 수 없이 접었던 휴게였을까
어떤 불민한 사랑의 후회였을까

갈피는 거기서 멈췄고 더 이상의 열림은
어떤 페이지에도 없었다. 무엇을 정리했음이었다

그날 그 책장 사이에 발견한 그 갈피를 집어 들고
다음 페이지로 넘다가 그날 나의 멈춤에 대해 생각했다

더 열지 않기로 했다
내 불민한 사랑의 기억에 대한 염려였을 것이었다

몰두에서 권태로 가던, 다만 그 쓰라리도록 아름답던……

그냥 살아지더라

살다가 가끔 가슴이 무단히 저려오는 것은
환장하도록 그리운 누구에게서 갈피 못 잡는 슬픔 밀려와
스며 드는 것이다

생애에 이런 슬픔 몇 번이나 올까
그리 스며오는 것은 속수무책! 기꺼이 받아내야 하는 것

스며들어 각인 된 것은
붉은 닭 피 타투처럼 쉬 지워지지 않는 것이다
심장에 깊게 깊게 새겨진 것이다

아프게 각인된 오래된 슬픔도
매양 안고 살다 보면, 살아 내다보면 이골이 나서
시간에 닳아 희미해져,
새삼 각별하지 않는 낡은 문양 같은 흔적만이 남나니,

사랑했으므로 슬픔도 잘 버무려 놓으면 아름다운
뒤끝이 되는 것을……

세월이 가면 이런 슬픔도 그리워지더라

그냥저냥 살아지더라

타인? 그러나 애인

우리가 가난하였을 때는 아마도 연인이었을 겁니다
우리의 방이 따스해질 때
아마도 우리는 식어 갔습니다
필요하지 않은 필요가 되어가는 우리는 타인인가요?

애틋한 것만은 아니어서,
늘 다솜스러울 것까지는 않아 무덤덤하지만

타인에게 감추고 싶은 치욕을 누가 우리만큼 서로,
속속들이 알고 있을까요
누가 애인처럼 잘 봉인하고 있나요

이제는 서로의 빚을 탕감해주어야 할 잉여의 시간
한 뭉치의 시간만이 남아 있는 듯해요

그 마감의 시간대에
살아있는 것 중, 타인이 아닌 오직 당신 손만을 잡고
내 눈은 먼 지평선처럼 감길 것입니다

그러니

아무쪼록

당신은 나의 애인입니다

적막을 깨우다

완전한 적막이다
바람이 포도 잎을 건들지만 않았어도,
티티새가 아직 덜 익은 포도알을 집적대지만 않았어도

내 안의 모든 것은
정지된 소리와 단단한 공기의 벽뿐이었다

창문을 열고 고개만 내밀어도
방안의 고요가 창밖의 작은 움직임과 섞여, 숨 쉬어질 텐데
완벽한 적막이 나를 가둔다

(지중해 코르시카에서는 포도 쪼는 티티새 살로 파테*의 소를 만든다지)

나는, 적막을 흔드는 바람을 고요의 소로 만들고
나를 문밖으로 밀어내야지

안과 밖의 균일한 적막이 비로소 완성되고 나의 숨소리가 적막을 깨운다

바람이 불어, 나는 살아야 하므로**

새의 지저귐과 바람을 방안으로 들이고 외출을 서둘러야겠다

*파테: 간이나 자투리 고기를 이용한 프랑스식 만두

**폴 발레리의 해변의 묘지에서 인용

발바닥의 온기

뫼비우스의 띠를 걷는 두 사람
멀리서, 띠의 멀리서 그 두 사람, 눈을 마주치며 가까이 간다
어느새 발자국이 서로의 반대를 보며 겹쳐진다

멀리 되돌아 나와서 서늘한 그리움을 걷는,
풀릴 듯 풀지 못하는 매듭처럼 꼬인 두 사람
가까이 갈수록 보이지 않는, 뫼비우스의 비틀어진 양면에 서 있는
발바닥의 서늘한 온기

안을 뒤집으면 밖이 되는
마치 그리움이 뒤집히면 외로움이나 증오가 되는 것처럼
뒤집히기 위해 걸어가는 듯
결코 조우 할 수 없는 하늘과 땅의 두 발걸음

한 번도 네가 나 인적 없고, 내가 너 인적 없는
내가 너의 슬픔을 만지지 못하고
네가 나의 기쁨을 가질 수 없는 양면의 두 사람

너를 만나러 간다
달콤하고 따뜻한 발바닥을 만날 수 있을 것 같다

길을 간다
너를 만났다
아! 띠 같은 벽이, 내면이 외면을 향하는
그리움의 반대편에서 너는 또 잠시 스치듯 걸어갔다
나를 등지고……

나는 해를 보았고 너는 달을 보았다
모처럼 따뜻하게 올라온 발바닥의 온기가 서늘하게
식어갔다

사랑, 내 가슴에 들지 못해……

사랑, 내 가슴에 들지 못해 늘 언저리에서 서성이는 그것
꿈처럼 오래 머물지 못해
괴롭도록 감미로운 비탄입니다

그대의 꽃잎이 격렬하게 열리고 있는 것도 모른 채
나, 그 품에 들지 못해
그대가 져 버릴 것만 같은 염려뿐이었습니다

정숙하지 못한 나비처럼 그대 위에 앉았다가
머물지 못해 버려진 내 아픈 감정이 흩어져 낭자합니다

마침내 꽃잎 다 이울면
나는 어디에서 날개깃을 접어야 하나요

심장이 몸에서 떨어지는 소리 들리는
사랑, 내 가슴에 들지 못해 서성이는 그곳?

모다기 슬픔처럼

슬픔은
한꺼번에 쏟아지는 모다기 비처럼 몰려와야 해
비우자마자 채워지는 슬픔은 심장 한곳이 새는 것이지

소나기 퍼붓다 갠, 바다의 찰랑거리는 환한 윤슬처럼
그 소나기 잠시 숨었다가 다시 퍼붓더라도
그 짬!
환한 슬픔이 좋아

심장에 는개 내리는 듯 늘어진 안개 같은 슬픔은
사람 속을 헤집어놓지
어설픈 슬픔은 사람을 어, 슬프게 하지. 참 꿉꿉하게 하지

슬픔의 눈물도 모다기 비처럼 흘러나와야 해
그 짬! 그 뒤의 개운함

그러니 모처럼 찾아 든 슬픔을 포기하지마
슬픔마저 포기한다는 거 내가 덜 아프게 너를 버리는 거,
너와 나를 한꺼번에 내팽개쳐버리는 거……

한 사람

어둠 속에 골목1이 지워집니다 어둠 속에 골목2가 지워집니다
모든 골목이 지워졌습니다
골목을 가던 한 사람이 안 보입니다

어느 한 사람, 산을 오르려 산자락을 걷습니다
산자락은 산의 발목입니다
그 사람
산에 오르기도 전에 산의 발목에 자신의 발목이 잡힙니다

한 사람, 바닷가 모래밭을 걷습니다
발자국을 남기고 또 남겼습니다
뒤돌아보니 파도가 지워버렸습니다

그림자 없는 골목길 위의 한 사람
산자락을 걷던 한 사람,
바닷가 모래밭을 거닐던 한 사람 모두

푸른 강 위에 내리는 싸락눈 같은, 바람 부는 사막 위의
발자국 같은,
흩날리는 낙엽처럼 떠도는 구름 같은, 입김 없는 작은 새의
지저귐 같은,
그저 그런 한 사람일 뿐이었습니다
있는 듯 없는 듯 사라지는 허망이었습니다
매일의 하루를 쌓으면서 살았는데
그 하루 어디에도 없습니다

한 사람이 시간을 멈추고 갔습니다
그 사람
남겨진 사람들에게 어두운 골목처럼 놀랍도록
빨리 잊혀집니다
우리들은
끝나버린 것에, 어렵지 않은 망각으로 살아질 뿐입니다

붉은 오름에 오르다

나 아주 어릴 적에 붉은 오름에 올라
웃통을 벗어젖히고서는
내 아무짝에도 쓸모없는 팥알만한 젖꼭지와
동전 빛 젖꽃판을 보며
선녀는 어떤 유두를 가졌는지 늘 궁금했다

아주 먼 별에서
선녀의 젖무덤 같은,
수만 번의 생멸이 훑고 지나갔을 함몰된 분화구의 오름을
본다면

신이 죽거든
나중에 묻힐 양으로 헛묘를 세워
고래등 같은 등줄기의 능선에 능선을 이어 붙였다 하겠다

그 능선에 뗏장 같은 억새가 써걱써걱 제 몸을 섞어가며
바람에 몸을 맡길 때
고래 냄새가 코끝에서 만져진다

붉은 오름, 이 능선 저 능선 따라
신과 선녀 허겁허겁 오르며 사랑놀이했을 것임에
내 유두가, 아무짝에도 쓸모없는 내 유두가
이상하게 도드라지는 것,
쓸모없는 유두보다 더 쓸모없는 생각이었다

고스란히 슬펐다

내 졸업 파티의 의미 없는 파트너 같은 하루가 흘러간다
완전한 종결은 어디에도 없지만, 어떤 때는 의미 없는
일부가 전부를 압도한다
이제 종결의 시간이 가까이 와 있는데도 말이다

훗날 수녀가 되었다던, 나의 첫 性의 그 아이가
어느 수녀원의 그늘에서 죽어 갔다는 풍문에
내 탓이 아니라 생각했다
나를 떠나 혼자만의 안식을 얻고자 했던 그 아이가
미웠다
그 아이의 고뇌를 몰라라 했었다

'너는 어떤 일을 겪어야 슬퍼할 것이냐, 아파할 것이냐!'

과오를 손에 쥔 채 살아왔다
허공이 벽처럼 단단하게 잡히는 날에도 텅 빈 곳에서
허망하게 살았다
내가 가는 길 모두가 과오가 들어찬 허방이었다

우는 법을 모르는 토끼처럼,
달밤에 혼자 서 있는 그림자처럼 살아왔다

'왜 인제 와서 이렇게 아픈 것이냐, 슬픈 것이냐'
종결의 시간이 내 손을 맞잡고 와 있는 탓이리라

그녀의 수녀원을 향해 늦은 과오의 참배를 해야 했다
고스란히 고스란하게 아파해야 했다
안에서 터져 나올 눈물이 마를 만큼, 새하얀 달빛에 서서
나는 염치없는 참회의 울음을 삼켜야 했다

저 마마 자국 같은 상처 입은 달도
아팠으리라 빛나기 전까지는, 혼자 혼자 아팠을 것이다
그 아이처럼 고이 슬펐을 것이다

그 아이가 달처럼 내려다보고 있는 것 일까
그 아이의 고뇌를 이제야 알았다는 슬픔이 고스란히 슬펐다

상좌스님과 동자승의 어떤 공모

먹 고무신 동자승 이놈을, 예닐곱 된 이놈을 아래뜸 신장로에 사는 늙은 보살에게 청령聽令을 보냈는데 그 보살, 햄버거 하나를 그 애 손에 쥐어 보냈거늘 지 깐에는 상좌스님과 나눠 먹으려고 가져왔던 것인데 스님 왈, "안된다 이놈! 산 짐승을 잡아 뼈를 바르고 살과 기름을 다져 만든 페티를 먹으려 들다니!"

스님의 호통 소리에 패티의 육즙 같은 눈물이 동자승 발그레한 뺨을 타고 뚝뚝 떨어지더라. 스님, 이 일을 어이할꼬? 중이 고기 맛을 알면 법당에 파리 한 마리 얼씬 거리지 않는다 하거늘, 저놈 사문寺門에 들어와, 능금 같은 뺨에 흐르는 저 낙루를 저놈 부모가 본다면 얼마나 마음 쓰라려할까.

동자승의 무동처럼 맑고 고운 심성, 햄버거 혼자 먹고 시치미 뚝 뗀들 그만이었을 것을 지깐에 상좌스님과 나누어 먹을라고 가져온 기특한 생각도 모르고 그만 경을 치고 말았다. 공원 호숫가에 쓰여진 팻말. "물고기에게 먹이를 주지 마세요." 동자승,,, 물고기 아닌 것을, 속세의 햄버거 맛을 아는 것을…… 상좌스님, 어쩔 수 없구나. 빵은 스님이 자시고 패티는 동자승에게 먹인다.

고양이 한 마리 법당 툇마루에서 졸다가 햄버거 냄새에 눈을 떴다 감았다. 상좌스님과 동자승의 내밀한 공모 사실을 눈 감아 주듯이.

파묘破卯*

날이 샐 무렵
이불 밖으로 삐쳐 나온 엄지발가락 굽혀본다
오늘 웬만큼 디딜 수 있겠군
눈알을 굴려본다
못 본 채 지나가기 틀린 날이군
오늘 내 안부는 대략 괜찮은 편이다

신문을 보지 않은 지 오래인데
문틈으로 신문이 알고 싶지 않은 소식처럼 툭 떨어진다
소년의 자전거 페달 소리를 들으면
신문사절이라 써 놓을 수 없다

날이 샐 무렵
남을 것들이 떠나고, 떠나야 할 것들이 당도하는 시간

파묘破墓!
시신 없는 내 안의 무덤을 파헤쳐 나를 한번 넣어보는,
파묘破卯의 시간.

아직 살아 있으므로

내 안부를 점검해 본다. 살려고 애써야 한다.

*파묘破卯: 날이 샐 무렵

자장磁場

너와 나의 모호한 경계
같은 극의 자력으로 서로를 밀쳐내던 시절도 있었지

지남철에 쇠붙이를 오래 문대면 또 하나의 자석이 되는 것처럼
몸을 서로 섞고 살다 보면
우리는 서로를 당기는 자장으로 수렴되곤 했다

그러다 나는 두려운 것이다
한 자장이 다른 자장을 밀어내듯 등을 돌리는,
또는, 누군가 먼저 자장을 잃은 한쪽이 한낱 쇠붙이로
녹 쓸어 가는 반작용을

나는 저어 하는 것이다
같은 극의 자장이 마주치어 서로를 강렬히 밀어내는
그 일별의 시간이 무서운 것이다

만일 그날이 온다면 다시 문대어 주어야 할까
지극한 사랑의 말로?

차라리 나는 북극이 되고 너는 남극이 되어 살아야 할까
자장이 아주 먼 지극地極*처럼……

*지극: 지축의 양 끝 즉, 남극과 북극을 이른다

난해한 거리

우발적 사고인지 자해인지 창문에 돌진하여 자진해
죽는 새 있다
다만, 목적 없이 나는 새 있는가
새들의 허공에는 유목처럼 떠난 계절의 새들이 돌아
오듯이
그들만의 거리가 있다

무리 지어 대륙을 휩쓸던 칸의 후예 같은
토네이도도 있지만
계절풍으로 불려간 바람이 지정된 허공으로 되돌아
오듯이
바람도 그들의 거리를 걷는다

숨겨 놓은 거리를 맞춤하여
상류를 거슬러 알을 낳고 죽는 연어도 있지만
다수의 물고기는 조류를 따라 그들의 거리를 유영한다

다만, 우리는 항상 우리만의 거리가 있는가

이념의 거리를 넘고, 질서의 거리를 밀치고 탐욕의 거리를 넘본다

사랑하기에 난해한 거리에서 거리의 미아로 헤매기도 한다
나도 이 질서를 흩트리고
가끔 무설정의 유배지로 홀로 걷고 싶을 때 있다

만약에 말이다

만약에 말이다. 달이 바다에서 떠오르면,
달이 바다로 넘어가 버리면?

석양이고 나발이고 없지, 노란 노을이라 말할 테지
그냥 채하彩霞*라고 말할까
벌겋게 익은 가슴 벌렁거리지 않아도 될 테지
(하늘에 무지개 더 이상 볼 수 없지)

만약에 말이다. 달이 바다에서 떠오르면
보름에는 그런대로 달돋이가 장관이겠고,
초승이나 그믐에는 바다가 찍혀 올라올지 몰라

그런데 사리 대사리 조금은?
밤에 태양이 하늘에 떠 있고 태양이 끄는 바다가
뒤집히겠지

지구 저편 남극이 펄펄 끓고, 사막이 숲이 되고
한국에 유전이 펑펑……

*채하: 빛이 아름다운 노을

발문

| 발문 |

그리움의 말로 그리움을 쓰다

김 현 호 (전 월간조선 대표)

1. 서언

시인 이상인과 필자는 바닷가 부산에서 중고등학교를 함께 다녔다. 우리는 교내 백일장에서 상을 받기도 하고 학교 교지에 이런저런 글을 쓰기도 했다. 그 나이에 문학이 뭔지, 시가 무언지 제대로 알 리가 있었겠는가. 그냥 하고 싶은 이야기를 그럴듯하게 쏟아내고 유명 시인의 시를 흉내 내는 정도였을 것이다. 그러나 이건 나의 경우이고, 이상인은 그러지 않았던 모양이다. 그의 가슴 속에는 이미 이때부터 시인의 씨앗이 심어지고 싹을 틔우고 있었던 게 틀림없다. 그러지 않고서야 평생 건축가의 길을 걸으면서 어떻게 시집을 네 권이나 낼 수 있단 말인가.

우리는 서울의 대학에 진학하면서 진로가 갈렸다. 이상인은 건축학을 전공하고 필자는 외국문학을 전공했다. 전공만으로 본다면 시인이 되어도 내가 먼저 되어야 하는 것 아닌가. 그러나 시인이 되기에는 문학적 자질이 턱없이 부족함을 깨달은 필자는 언론의 길을 택했다. 그리고 건축 분야로 나아간 이상인은 건축사로서 대기업 임원을 지내면서 한편으로는 끊임없이 시의 영역을 천착하면서 자신의 시 세계를 건축해 나간 것이다. 그의 내면에 시에 대한 갈망과 고통을 참아내며 은퇴 후 기다렸다는 듯이 네 권의 시집을 상재해 내며 우리에게 다가온 그를, 친구이지만 그의 삶의 태도와 깊이, 특히 끊임없이 자신의 내면을 탐색해온 진정성에 존경과 경의를 표하지 않을 수 없다.

시는 말로, 언어로 지은 집이라고 이어령 선생은 말한다. 필자는 이상인의 시에, 알게 모르게 건축의 미학이 스며 있을 것이라고 믿는다. 그는 평생 건축 설계 일을 해 온 사람 아닌가. 다만 건축에 일말의 소양도 없는 필자로서는 당최 그것을 찾아내기 어려울 뿐이다. 우리는 어떤 집을 볼 때 주로 외관만을 보게 마련이다. 몇 층짜리인지, 자재는 무엇인지, 정원은 있는지 등등. 외관을 보고 벌써 그 집과 주인의 성향을 판단하려고 한다. 집의 내부는 들여다보기도 어렵고, 그럴 기회도 거의 없다. 그러나 그 집과 주인의 진정한 면목을 알려면 그 집 안으로 들어가 보아야 하지 않겠느냐고 이어령 선생은 말하고 있다.

이상인의 시를 감상하고 이해하려면 시의 외양만이 아니라 시 속으로, 시인의 내면 속으로 들어가 보아야 할 것이다. 필자는 그러한 시적 탐색 여행을 안내하기에는 턱없이 부족한 사람이다. 그러나 인간 이상인을 어릴 때부터 지켜봐 온 친구로서 필자가 이상인의 시에서 받는 느낌과 감동은 나름대로 의미가 있을 것이라고 기대하면서 감히 발문 쓰기를 자청하고 나선다.

2. 시인과 시의 탄생

종전終戰 이듬해 태어난 시인 이상인은 폐허 속에서 피어난 들꽃 같은 시인이다. 당시, 동경 유학생 출신으로 부산상업학교 교사였던 아버지와 가난한 촌부村婦 사이에서 태어난 그는 "가난한 선생 부부에게서 나는 조촐하게 태어났다. 북위 35도 동경 129도, 부산상업학교 사택의 돌담에서 피어난 민들레처럼"이라고 술회하고 있다. - 제3시집 「내 인생의 시작과 끝에서」에서

제1시집 『바다에서 이삭을 줍다』, 제2시집 『바다에서 주운

이삭으로 한 끼를 해 먹었습니다』, 제3시집 『바다에서 주운 이삭을 심다』처럼 그의 시는 바다와 결부하지 않고는 쓰여질 수 없는 詩作의 시작始作이었다. 그는 심지어 자기 자신을 가리켜,

"나도 뭍에서 떨구어진 아비의 이삭"이라고 하면서 "바다 한 켠의 뒤 안에서 / 바다의 온갖 이삭들 틈에서 자랐노라"라고 서술한 바 있다.

부산이 고향인 그가 바다에 애착을 가진 것은 어쩌면 당연한 귀결이라 하겠다. 그리하여 그는 제4시집, 『바다의 이삭이 낙화처럼 눕다』로 새로이 상재해 내었다.

그는 혼돈과 좌절의 시대를 살아낸 동同 시대의 보통 사람처럼 사는 듯했다. 보통이란 '통상의 관념에서 벗어나지 않고 일반적인 것을 일관되게' 여기는 말일 것이다. 그는 흔들리는 삶 속에서도 경제적인 이유로 문학 이외의 보통 사람처럼 수십 년을 살다가 은퇴한 후, 보통스럽지 않은 시집을 2021년부터 3년을 걸쳐 매년 한 권씩의 시집을 출간한 시인이다.

문학에 대한 소망을 그의 내면 속에 철저히 눌러 담았다가 일시에 봇물이 터지듯 우리에게 다가왔다. 그는 그의 부단한

인내를 제3시집『바다에서 주운 이삭을 담다』에서 "문장을 눕혀야만 했던 지대에 늘 서 있어, 산문이 되어 흩어진 글들을 모아 각고의 끌로 뼈에 아픔을 새기고, 인고의 인두로 내 살에 각오의 문장을 지진다."라고 술회한 적이 있다. 또한 그는 "고난을 이기지 못하는 체념이 늘 수월한"세상에 살며 문학을 체념한 채 살았던 고통을 기억해 내고 "글에 매여 절치부심하지 않고 한 줄의 글이라도 착실히 새기겠다"라고 다짐하고 있다. 서강대 우찬제 교수는 이상인 시인을 두고, 시에 대한 결기가 참으로 어지간하다,라며 서정적 실천을 수행하는 시인이라 평가한 바 있다.

이상인의 시는 인화지의 사진처럼 선명하기도 하고, 화선지의 묵화처럼 농후하다가 점점 엷어져 가는 안개꽃처럼 여운을 남긴다. 그러면서도 그가 던져주는 시의 메시지가 읽은 사람의 가슴에 화인처럼 박히는 이유는 무엇일까?때로는 살내음처럼 순하기도 하면서도 산 만큼의 노련함이 절망과 자조를 이겨내는 자기 정화의 시를 씀일 것이다.

표제시「바다의 이삭이 낙화처럼 눕다」를 살펴보자.

바다의 이삭이 낙화처럼 눕습니다

일시에 가난해지는 영혼 누구에게나 있습니다
바다의 낙화가 그렇습니다
일시에 가난해지지 않는 영혼도 있습니다
바다의 이삭이 그렇습니다

이삭과 낙화는 결실結實인가요, 결실缺失인가요
결실結實을 위한 결실缺失 아닐는지요

바다의 꽃잎이 이삭 곁으로 떨어져 눕습니다
꽃잎도 썩으면 거름이 되겠지요
썩은 것이 산 것을 살리는 이타利他의 땅에서, 이삭이 기적처럼
몸을 트는 것을 보면
저 꽃잎,
맺혔다가 떨어져 미처 거두지 못한 이삭의 어미였을지도
모르겠습니다
바다의 이삭이 낙화처럼 누웠습니다
내가 이 생명들 어떻게 거두어 피워 낼 것인지
이 생명들이 나를 거두어 살을 내어 주기나 할는지 모르겠지만……

바다의 이삭이 낙화처럼 눕습니다

나는 이삭과 동행이 되어 낙화 곁에 눕고 싶어졌습니다

—「바다의 이삭이 낙화처럼 눕다」 전문

「바다의 이삭이 낙화처럼 눕다」는 이상인 시인이 시작을 위해 머무는 제주도의 어느 동백군락지에서 속절없이 떨어져 누운 동백 꽃잎을 보며 지은 시라고 한다. 동백 꽃잎 밑에 이삭처럼 떨어져 있는 이삭 같은 씨앗이 꽃잎 아래에서 발아할 것이라 상상하며, 낙화와 이삭을 생명의 끈으로 묘사하는 "이삭과 낙화는 결실結實인가요, 결실缺失인가요"는 시인 이상인의 삶과 죽음에 대한 메타포가 얼마나 지극한지를 잘 보여주는 대목이라 하겠다. 꽃잎도 썩으면 거름이 되고, 그 거름으로 떨어져 누운 이삭이 싹을 틔울 것이라는 발상. 나아가서는 떨어져 누운 꽃잎이 이삭의 어미였을 것이라는 상상과 함께 낙화 곁에 눕고 싶다는 동행의 의미가 가슴 한켠을 저며오게 한다.

3. 여린 것들에 대하여

이상인은 그리움의 시인이다. 그리움에 갇혀 그리운 것들을 그리워하며 시를 쓴다. 또한 시인은 이삭 같은 시인이다.그리움도 시인에게는 이삭의 한 편린이다. 그리움과 이삭은 시인에게는 여린 것들이다.

"떨구어진 이삭으로도 먹고사는 것을

그러나

자! 이제 무위의 이삭을 심어보자 꾸나"

–제3시집「바다에서 주운 이삭을 심다」1연

그는 떨구어져 나온 모든 것들을 무위의 이삭이라 했다. 무위無爲란 '어떤 이룬 것이 없다'라는 것으로 인연을 따라 이루어진 것이 아니며 생명의 변화를 떠난 것이다. 자연에 따라 행하고 인위를 가하지 않는다는 사전적 해석에도 불구하고 그는 어떤 결실의 자투리 같은 이삭을 통해 소외당한 자와 가난한 자의 위로 같은 선물로 간주하고 있다.

또한, 그의 시에는 낙화가 자주 등장한다. 낙화를 보는 그의 시선은 '낙화는 생명의 끝이 아니라 시작'이라 여기는 듯하다. 이삭 또한 미처 거두지 못한 생명의 조각으로, 어쩌다 땅의 온기를 만난다면, 다시 피어 꽃이 되고 열매가 되는 생명의 시작이라 여기는 것처럼....

> 얇은 살점들이 나무를 떠나 바람에 섞인다. 뒤척인다
> 열매를 위한 혼신의 탈피 그리고 허공으로의 풍장風葬
>
> 어떤 변이가 이토록 조용한가
> 순한 꽃잎의 비행과 착지,
> 바람에 버려져 한 우주가 벗고 다른 우주가 열린다
>
> 그 열매 땅 위에 떨어져
> 생살 내어주고, 흙의 온기 만난다면 훗날 다시 피어나리
> 낙화의 개화開花로……

–「개화 그리고 낙화」 중에서 낙화의 1, 2, 3연

이상인은 바람에 버려진 꽃잎 하나도 작은 우주라 여긴다. 꽃잎이 지면 다른 우주가 다른 생명의 열림을 간주하는 그의 생명에 대한 외경을 읽을 수 있다.

땅의 이삭처럼, 가슴의 그리움처럼 지극히 연한 사물에 대

하여 동정하며 애석해하면서 언젠가 떨어져 누울 것들을 자신에 대입하여 후회와 번민으로 살아왔던 생을 보상하고 남은 생을 아름답게 이어 나가도록 애쓰는 절박한 심정으로 말이다.

"흙의 온기를 만난다면"에서처럼 연한 꽃잎의 낙화와 자기의 죽음을 등치 시킴으로 해서, 꽃의 찬란한 개화와 시인의 다시 태어날 윤회관에 대해서 다음과 같이 적시하고 있다.

> "세월이 한 바퀴 돌면 / 나무가 뿌린 씨앗이 트고 / 새잎이 돋아 그 나무가 되지만 / 나는 어떤 새잎으로 태어날까 // 무섭다 / 나에게 윤회란..."
>
> –「나에게 윤회란」 부분

꽃잎은 다시 태어나 그대로의 꽃잎이 되지만, 시인은 다시 태어나 무엇이 될지에 대한 두려움을 상기시키며, 여린 사물의 윤회를 자신에게 대치시키므로써 자기자신의 내생에 대하는 겸허한 자세를 엿볼 수 있다.

또한, 시인은 항상 한 뭉치의 시간만 남아있다고 말한다. 남아있는 잔존의 여생에 각박하고 모질게 살아온 자신의 삶을 반추하며 여린 것, 떨어져 눕는 것에 대한 지극한 연민을 자신의 연민으로 여기며, 언젠가 누울 자신을 반성과 회한으로 그려내기도 한다.

제3시집의 「여명」에서는 "홀연히 사라지기 전에 // 내 사랑을 희구하던, 훗날 수녀가 되었다던 그 소녀에게서 차갑게 돌아선 일"을 후회하며 "죽을 때까지 미안한 일들을 적어두고 / 여명餘命의 시간에 반성하면서 살겠다"는 각오도 전하고 있다.

4. 그리움의 말로 그리움을 쓰다

"그리워서 갈피를 못 잡는 그리움을 그리워하며 쓰고, 갈래가 다른 사랑들을 갈피처럼 끼워두고 책장을 넘기듯 넘겨버렸던 그리움을 또 씁니다"라고 제2시집 『바다에서 주운 이삭으로 한 끼를 해 먹었습니다』의 작가의 말에서 그리운 것에 대한 그리움의 말로 여러 편의 시를 쓰고 있다. 시집 통권을 통해 자주 등장하는 부모님에 대한 시를 보자. 일찍 여위었던 아버지에 대한 그리움을 이렇게 쓰고 있다.

"나 어릴 적 태산으로만 알았던 아버지를 / 내 등에 업을 줄 몰랐네 // 아, 헝겊처럼 가벼운 아버지" (중략)
"아버지가 업힌다는 것 / 세상의 중심에서 빠져나가기 전 / 내 등에 유품 같은 온기 한 움큼 남겨주신다는 것이었네 // 아버지를 업은 내 등에/ 아버지의 미세한 심장 소리가 닿아 / 기억이 아프도록 출력되는 등사판이 될 줄 몰랐네"

–「아버지」1, 2, 4, 5연

시인은 아버지를 세상의 중심, 즉 자기의 표상으로 섬기며 살았는데, 갑작스런 아버지의 별세로 세상의 중심에서 버려졌다는 심경을, 그리고 아버지를 업은 시인의 등에 남겨진 따뜻한 온기를, 아버지의 유품인 양 허허하게 묘사하고 있다.

또한, 자신의 등을 아버지의 심장 소리가 등사된다고 하는 절절한 그리움으로 묘사한다. 또한 몇 해 더 사시고 가신 어머니에 대해선 다음과 같은 그리움으로 그리고 있다.

찌를 듯한 붉음으로 담벼락에 기대어
행복한 종말을 기다리며, 먼 태고 마야로의 귀향을
오지 않는 편지처럼 기다리던 엄마(중략)

전장에서 쏟아졌던 칸나 빛 피의 기억은
망각의 늪으로 묻혔으나
그 늪에서 칸나 한 송이 피길 기다리던 오직 소녀적 아픔을
붉게 붉게 승화시키려 했던 엄마의 깊은 간구干求
(중략)
선지 빛 토혈이 시월의 어느 담벼락에 왈칵 쏟아지는
늦은 오후 붉디붉은 칸나의 기억

—「칸나의 기억」 2, 4, 5, 6연

시월의 어느 담벼락에 붉게 핀 칸나를 보며, 전장의 핏빛 기억을 소환해 내시던 젊었을 때의 어머니에 대한 추모의 정이 어지간하다. 양친에 대한 기억과 추억을 소환하는 한편, 시인 이상인 또한 누군가의 그리움의 대상이 되기를 갈망한다. 얼마 남지 않은 생에 대한 자신의 기억이 온전히 잊혀져 버릴 것에 대한 절박한 심정을, 그리워하던 누군가를 그리워하며 잔일의 안타까움을 등치 시키려는 시인은 그만큼 절박하다.

무엇이 닿아야 울어지는 / 아래로 아래로 흐르는 빈손 같은
계류의 낙엽 소리 물소리 / 그 여인 내 마음 닿아 울고 서 있으

리// 물소리 낙엽 소리 그때와 매양 같으이.......

—「계류의 낙엽소리 물소리」 4, 5연

흘러간 모든 인연에 다가가려는 시인의 마음, 닿아야 울어지는 자산의 심경을 쓰며, 울고 서 있어 멀어져 간 인연을 그리워하는 그 마음 실로 곡진하다 하겠다.

오늘 밤 쓸 말을 마름하였습니다만
아직 퍼져 가고 있으나 그대에게 당도하지 못한 파문처럼
다 실어 보내지 못한 내 의미를
차후 틈 보아 사족을 붙여 써 내리라 했습니다
후회後會하자는 말씀 간곡하게 올려, 덜 궁색하고자 함
이었습니다
내 생각의 겹을 벗고
마지막 남은 내 홑 마음을 보여 드리고자 하는
무작정의 작정이었습니다

불선不宣*이라 써 보내버리면
하릴없이 기다리시리라 염려되어

막 뜨거워지기 시작한 마음을 여기서 멈추고
오직 불민한 정념情念으로 잠시 머물고자 하였습니다

미처 갈무리 못 한 편지의 언사들이
내 살을 뜯는 것 같아
불선 대신 추신이라 쓰리라 하였습니다

추신이라 쓰고도
한마디도 거들지 못했습니다
다시 불선이라 써 보내는 편이 나을듯합니다

*불선: 아직 쓸 말은 많으나 다 쓰지 못하고 보낸다는 뜻

–「추신이라 쓰고도」 전문

「추신이라 쓰고도」는 어느 특정 대상에 대한 그리움이라고 보기에는 다소 무리가 있지만, 살아가면서 만나고 헤어진 사람들, 또는 가슴 깊이 묻어두었을 그리운 이에게 잊혀지기 전에 전해야 했을 말들을 전하지 못하고 흘려보낸 세월을 안타까워하며, 시간이 더 늦기 전에 써 보내야 할 심정을 편지를

통해 고백하는 서정성이 물씬 배여 있는 시이다. "아직 쓸 말은 많으나 다 쓰지 못하고 보내다"라고 하면서 그냥 써 보내 버리면 어쩐지 후회될 것 같아 "추신이라 쓰고도" 한마디도 거들지 못하는 시인을 보며, 수취인이 어떤 사연이 있는 대상인지 자못 궁금해진다.

이번에는 첼리스트인 아내에게 쓴 시를 읽어보자.소녀 시절에 만나 결혼하기까지 수많은 과정을 거쳤지만 일가를 이루고 어언 40년이 훌쩍 지난 지금, 대기업에서 임원으로 정년을 마친 시인의 아내(잦은 야근과 해외 출장으로 혼자 남아 묵묵히 내조에 전념했을)를 위해 두 편의 시를 쓰고 있다.

나는 때로 당신 삶에서 탄주되는
첼로가 되고 싶었습니다
당신 가랑이 사이 첼로의 팽팽한 사현四絃의 틈새에
들고 싶었습니다
어쩌면 내가 한 현을 보태어 오현이 되리라 했습니다

통 큰 아내의 첼로가 나를 문대면
중음의 울림이 내 심장의 파동과 맥놀이 되어
활이 현을 가를 때마다

튕겨 나온 씨앗 같은 음표와 함께
당신 가랑이 사이에서 춤추는 무동舞童이 되리라 했습니다

첼로가 당신 틈에서 순순히 탄주 되는 사이
나는 당신의 틈새에 들어
사랑받습니다. 사랑받아 내겠습니다
얼마나 남았을까요
눈에 띄도록 곱아가는 당신 손마디……
그전에 당신
날마다 날마다 나를 켜주세요
나를 켜는 날이면 곱속에서 당신의 향기를 맡습니다

첼로의 살 내음에 섞여 고요한 음계를 밟고
당신과 함께 피안의 언덕으로 올라가고 싶습니다

당신 가랑이 사이 밀물이 되고 싶어요!
차라리 내가 당신을 켜보리라 생각해보았습니다

–「아내와 첼로」 전문

이번에는 그렇게 쓰고도 미흡했는지, 연이어 쓰여진「아내와 첼로」를 들여다보자.

나는 아내의 허벅지에 내 얼굴을 묻습니다
나를 감싸주던 허벅지가 또 하나의 현이 된 듯 나를 켭니다
음계에서 아내의 살 내음이 났습니다

아내는 나를 첼로처럼 바라보았습니다
내가 그녀의 현이 되었습니다. 아내가 나를 켜기 시작했습니다
심장이 고동 소리를 내며 나를 감습니다

나의 남은 생, 언제까지 아내에게 잠길 수 있을지……..
아내의 허벅지에 머리를 기대고 울었습니다
신열이 났습니다

–「첼로와 아내」 2, 3, 4연

날로 곱아 가는 아내의 손마디를 보며 서로의 잔일의 생이 얼마나 남았을 지에 대한 염려와 지난날의 후회와 안타까움을 은유하고 있는 시인에 짠한 마음이 전해진다. 여기에서 이

상인 시인의 제2시집 결혼 40주년을 기념하여 쓴 시「가는 길 같이 가면 참 좋으련만」이 상기된다.

"도꼬마리처럼 붙어 40년을 살았다(중략) 이제 늙어 / 뿌연 눈으로 보아도/아직도 내게는 뽀얀 아내 / 우리가 어디까지 갈지 몰라도 / 가는 길 같이 가면 참 좋으련만/몇 자국 남지 않은 길"

– 제2시집「가는 길 같이 가면 참 좋으련만」2, 5연

5. 생명의 중시

여린 생명에 대하여 무한한의 애착과 보내고 있는 이러한 시들이 여러 편 등장한다. 제1집「거미1, 거미2」,「누에1, 누에2」와 제2집「생을 마친 새들은 어디에 깃들이는가」,「철새는 둥지를 틀지 않는다」,「달팽이」, 제3집「소나무 분재」,「계절의 새」 등 다수의 시를 등재한 바 있다.

금번에 발표한「거미와 나」를 보자. 추운 겨울 허기를 면하고자 방바닥을 설설 기어 다니는 거미와, 책상에 앉아 시어詩語 하나 걸리도록 염원하는 시인의 심정을 등치시켜려 한다.

한겨울 방바닥을 설설 기어 다니는 거미 향해
파리채를 들다가
저 한 마리의 허기가 내 방구석에 찾아든 의미를 생각하며
빈 바닥을 힘껏 내리쳤다
숨어라 도망가라

–「거미와 나」 1연

허기진 거미를 동정하여 방바닥을 힘껏 내리친 것은 거미를 동정하는 마음이 아니라는 것을 시인은 알고 있다.

한겨울 빈방에 앉아 시를 쓰다가, 전전긍긍 시어 하나 걸리지 않는 시인의 무능을 자조하는 마음이, 거미의 심정에 감정이입이 되며, 급기야는 그의 생명 중시의 마음으로 승화시킨다.

봄 되면 네가 왔던 길로 돌아가서
호호막막 허공에 홀로 앉아
글 하나 걸리도록 얼개를 짜는 시인의 마음으로 기다림을
쳐라 던져라

나도 한때 빈방의 한겨울 거미처럼
막막한 허공에 허기진 그물 펼쳐 시어 하나 걸리도록
내 가슴에 결박을 치기도 했었지

봄이 왔거늘
네 본능, 실(絲)토하듯 허공에 실토(實吐)하고
촘촘한 술수를 내걸 거라
너는 실을 짓고
나는 시를 지으리라

—「거미와 나」 2, 3, 4, 5연

"너는 실을 짓고 / 나는 시를 지으리라" 이 얼마나 비장한 결기이며 곡진한 자기 다짐인가.
시인이 추구하는 생명에 대한 경외敬畏는 「노량진」이나 「다산어보」를 보면 그의 생명관을 잘 들여다볼 수 있다.

노량진에
바닷물이 범람한다면 가오리 꽁치 갈치 멍게 해삼
낙지들을 태우고
노아의 방주처럼 터키의 아라라트산으로 향할까?

동병상련이랄까
쓸데없는 상상이 노량진 입시학원의 공시생처럼
쏟아져 나왔다.

—「노량진」 5, 6연

아가미로 숨 쉴 수 없는 공간, 나무상자 위의 얼음에 누운 채 죽어가는 생명에 대해 안타까움을 잘 적시하고 있다. 생명들을 데리고 노아의 방주에 실어 보낼까 하는 상상이 노량진 입시학원 공시생의 처지를 헤아리는 심성으로 비쳐 참으로 놀랍다.

「다산어보」를 들여다보면 보자.

절도안치絕島安置로
절애의 섬에 유배되어 쓰여진 다산의 어보
갖은 비린내들이 서로의 체취를 맡으며
참형의 시간을 모른 채 어창 안에서 유영하고 있는데,

낯선 물고기 비늘 같기도 한 무심한 구름 몇 점이
어창 수면 위에 어둡게 탁본 되어 흐른다

–「다산어보」6, 7연

남아있는 시간을 모른 채, 어항 안에서 유영하고 있는 고기들을 보며 무심한 구름 몇 점이 어항 수면에 탁본 되고 있다는 맺음으로 생명의 허무를, 흐르는 구름과 등가 시키는 시인의 맑고 선한 상상력이 돋보인다.

6. 맺음말 (시에 대한 간구와 열정)

시인은 시작을 통해 끊임없이 자신의 무능에 채찍질하면서도 고행과도 같은 작업을 각고의 각오로 이어 나간다.

갱도에 몸을 싣고, 광맥을 캐내는 광부처럼 글을 찾아간다,

붉은 원고지 칸 안에 가둔 말들이
스멀스멀 기워 나와 내 목을 조르려는 밤이다

(들어가라 말들아, 도로 원고지 칸 안으로)
너와 나는 그 붉은 네모 안에 위리안치되어있어
벗어나려 발버둥 치지만

그 사각의 둘레에 처진 탱자나무 가시에 찔리곤 한다

말(言) 하나 풀어지기만 한다면, 붉은 줄 하나 끊고
왈칵 쏟아질 말들 데리고
행간을 향해 벗은 발로 걸어 들어갈 텐데

그 말, 내 안에 숨겨둔 말 못 할 사랑의 고백 같아
스스로 끄집어내지 못하고 있나니. 나의 불민함 이거늘

체념도 희망도 고백도, 마치지 못한 詩도
미완의 사랑 아니겠는가
내 어찌 붉은 원고지 칸 안에 묻혀있는 말들, 이삭 같은
글자들을
탈곡脫穀 하듯이 탈탈 털어내고 싶지 않겠나
지독하게 아팠던 원고를 탈고脫稿 하듯이……

―「미완의 시」 전문

완전한 시란 어찌 있을 수 있으랴 마는, 시인은 원고지 안의 붉은 칸 안에 있는 말들이 "밤마다 기어 나와 시인의 목을 조

르려” 하고 있다고 고뇌한다.

말하나 풀어지기만 하면 “붉은 원고지 칸 안에 갇혀 있는 말들을 탈곡하듯이 탈탈 털어” 시를 쓰면서 고뇌하고 아팠던 심정을 탈고脫稿하고 싶어 한다. 쓴다는 것이 그만큼 아픈 것인데도, 끊임없이 시작詩作을 이어가는 시인에게 찬사와 격려를 보낸다.

작가의 말

아프도록 썼습니다. 아픔도 잘 버무리다 보면 아름다운 뒤끝이 있는 법입니다. 일생 동안 이런 아픔 얼마나 있을까요.

쓰는 동안 육즙이 온몸을 흥건하게 적시도록, 뼈가 휘어지도록 글과 글 사이를 기어 다녀서 많이 아팠습니다.

내가 살아야 하므로 원고지 안에 가두어 두었던 이삭 같은 말들을 탈곡脫穀하듯이 탈탈 털어 탈고脫稿하려 합니다.

떨어진 이삭만으로 당분간 끼니 걱정 안 해도 될듯하여
이제 나의 결박을 풀고 거리를 쏘다니고 싶습니다.
쓰는 동안 끼니 챙겨준 아내에게 고마운 마음 전합니다.

2024년 겨울, **이상인**

바다의 이삭이 낙화처럼 눕다

초판인쇄 2024년 12월 31일
초판발행 2024년 12월 31일

지은이 이상인
펴낸이 이해경
펴낸곳 (주)문화앤피플뉴스
등록번호 제2024-000036호
주소 서울 중구 충무로2길 16, 4층 403호 (충무로4가, 동영빌딩)
대표전화 02)3295-3335
팩스 02)3295-3336
이메일 cnpnews@naver.com
홈페이지 cnpnews.co.kr

정가 14,000원
ISBN 979-11-989877-6-1 (03180)

※ 이 도서의 국립중앙도서관 출판시도서목록(CIP)은 서지정보유통지원시스템 홈페이지(http://seoji.go.kr)와 국가자료공동목록시스템(http://www.go.kr/kolisnet)에서 이용하실 수 있습니다.
※ 이 책은 국립중앙도서관 홈페이지에서 검색 가능합니다.